U0608935

一串风铃

太氏富 主编

窗前有一个女孩
静静地听着音乐
看风铃在风中摇曳
风铃是蓝的天是蓝的
女孩的梦也是蓝的
蓝得清新明朗让人心悦

四川民族出版社

图书在版编目（CIP）数据

一串风铃/ 太氏富主编. -- 成都: 四川民族出版社, 2019.5（2021.9 重印）
ISBN 978-7-5409-8296-6

Ⅰ.①一… Ⅱ.①太… Ⅲ.①散文集 – 中国 – 当代 Ⅳ.①I267

中国版本图书馆CIP数据核字(2019)第078553号

一串风铃
Yi Chuan Fengling

太氏富　主编

出 版 人	泽仁扎西
责任编辑	常丽丽
电脑制作	现当代文化
责任印制	郑　莉
出版发行	四川民族出版社
	（四川省成都市青羊区敬业路108号）
邮政编码	610091
装帧设计	成都现当代文化传播有限公司
印　　刷	永清县晔盛亚胶印有限公司
成品尺寸	145 mm × 210 mm
印　　张	6.5
字　　数	150千
版　　次	2019年5月第1版
印　　次	2021年9月第2次印刷
书　　号	ISBN 978-7-5409-8296-6
定　　价	36.00元

序

爱，带着甜美与伤害。

坚持，带着希望与绝望。

玲子，一个柔弱的女子，带着甜美去爱，带着希望坚持，与病魔抗争已有7年。

带着甜美，玲子深爱着这个世界，深爱着家人，深爱着师友，深爱着这仅有的一次生命。

深爱着这个世界，于是她爱上写作，把自己的情感付诸笔端，写下了诸多感情饱满的文字。深爱着家人，所以她在与病魔抗争的路上与母亲相伴，心疼劳累奔波中的丈夫，守护一天天长大的儿子。她曾说："我的儿子还小，我不能丢下他不管"。深爱着师友，于是在病痛之余，她关注着每一位老师和朋友的成长，她幻想着自己终有一天能够重新站立起来，和师友们一起工作、奋斗。深爱着自己仅有的一次生命，于是她觉得自己柔弱的身体里总是有那么一股不屈的力量，正是这股力量使她能够怀揣美梦和理想。

带着希望，玲子一次次含着泪被推进手术室，又一次次含着泪从手术室里出来。生病的7年，就是她每周三次透析的7年苦苦挣扎。那是艰难的生死之路啊，一个弱小的生命，一个被病痛折磨着日渐缩小身躯的玲子，她竟然能够挺过来。那是一个濒临死亡的母亲和女儿啊，身为母亲，玲子每次艰难闭上眼睛的时候总是念叨着"儿子"；身为女儿，玲子每次缓缓睁开眼睛的时候总能看到守候在自己床前头发斑白的老母亲。

《一串风铃》缘起于玲子，缘起于几个文友的一场聚会，这是一本祝福玲子的"祝福之书"。本书作者有杨玲、艾星良、慕小小、杨早、戴文会、李鸿湖、周雪梅、付蓉彬、太氏富9位，共收入文章56篇。书小情真，文短意实。

爱，带着甜美与伤害。

坚持，带着希望与绝望。

祝福玲子，祝福爱与被爱的人们，怀揣爱，与坚持做伴，人生路上不慌张！

祝玲子早日康复！

2019年5月20日

太氏富

▷目　录

杨　玲

　　杨玲，女，1973年生，在云南省普洱市澜沧县第二中学工作，爱写作。从2012年起，一直在和病魔做斗争，坚强地活着，期待还能四处旅游，写出更多的文章。

不一样的心情

一天下午，我陪儿子看动画片，看到广告时，儿子说："妈妈，你看！"我看过去，却没看出来是什么，好像从没有见过似的。

"你看呀！这是什么？"

"什么东西？"

"遥控器呀！我把外面包着的外套拿掉了，它就成了这个样子，是不是认不出来了？"

我接过来一看，的确是遥控器，我怎么没看出来！从买到电视的那天起，我就用外套将它套了起来，一直以来，我只知道它包着的样子，现在才发现，它原来的模样我早已忘了，一下子看见，竟然有一种陌生的感觉，它看起如新的一样，让我的心情变得很好。

其实，生活中会有许多这样的时刻，如果把它记下来，深入思考，会发现许多有趣的事。人生也如此，如果你暂时失败了，不要失望，换一个地方，换一个环境，好好包装一下自己，也许你会发现，生活是另一种生活，心情也会是另一种心情。

茶的爱情

爱情就如茶，越久越醇香。

曾经有一个男孩对我说："我好羡慕我的母亲和父亲。"

我不解地看着他。

"因为他们之间很默契。每一次快到我父亲下班的时间，我母亲总会泡上一杯热气腾腾的茶，放在干净的茶几上。我父亲回到家，总是先坐下来喝茶，喝好茶，才站起来去做其他的事，每天都是这样。只要看见我母亲泡茶，我们就知道，父亲要下班了。每次父亲喝茶时，都是那样的平静、从容。从他喝茶的样子，我能看出他很满足、很幸福。我从没有听见过母亲对父亲说'爱'字，但我知道他们之间很恩爱，彼此爱得很真。"

最后，他深有感触地说："我也很想拥有一个天天为我泡茶的女人。"

我被感动了。我想，有一天，我也要成为他母亲那样的人，也要每天为自己所爱的人泡上一杯热气腾腾的茶。

后来，我有了一个家，有了一个可以天天为之泡茶的人。我所爱的人，也非常非常爱喝茶，他是那种不喝茶头会疼的人，但我却不能每天为他泡茶。我从没有想过，泡茶这么简单的一件小事，并不是每一个人都能做到的，也许这意味着两个人之间没有默契，所以才达不到那种境界。

在为他泡茶的日子里，我总是想他正在做什么，他应该快回来了吧，一直牵挂着他。每次先把他喝过的茶叶倒了，洗干净茶壶，把不多不少的茶叶放进去，接上热水，再把热气腾腾的茶放在茶几上，旁边摆上倒茶的杯子。因为他总爱把茶倒在杯子里喝，他说这

杨玲

样就不会喝到茶叶。之后我独自走到窗台边，看他回来了没有。这时，总会听见儿子问："妈妈，我爸爸要回来了吗?"我什么也不说，笑着看着儿子。他回来了，一坐下就倒出茶，喝得很知足，让我很开心。他不知道那个故事，只有我明白，我也有那种幸福的感觉，也有想为他泡一辈子茶的心情。

不为他泡茶的日子，不是不爱他，只是心中有一丝丝的杂念，工作上的不如意，生活上的不顺心，使我有所犹豫。一想到他自己倒掉喝过的茶，自己放茶叶，自己接热水，就会内疚，毕竟这不是我想要的生活。尤其是听到儿子问"妈妈，我爸爸还不回来吗?"时心中会有一种颤动，自己怎么这样傻，这是我的家、我所爱的人，为什么不把一切不快乐挡在门外? 幸福的家庭是靠人创造的，家人之间如果只有指责、埋怨、讽刺的话，何来幸福?

人，真该好好学学泡茶。每天为自己所爱的人泡上一杯热气腾腾的茶，来温暖家人的心。在泡茶时，要全神贯注、一心一意；在喝茶时，也要用心去领会茶中的爱，把外面的不开心、不愉快全淡化在茶中，爱情就会如茶，永远值得你去品尝。

传呼情思

手里拨着传呼号码，一个又一个，一遍又一遍，一次又一次，但最终都没有拨通你的号码。拨着那个对我来讲一生都不会忘的号码，心中浮现出你买传呼机前的情景。那是一个阳光明媚的日子，窗外的榕树叶在阳光的照射下是那么清新明亮，蓝色的风铃在轻风的吹拂下发出清脆的声音，我坐在你的身边，静静地陪着你看书。

"玲子，我想买一个传呼。"

"不买，你又不是什么大老板，买传呼有什么用?!"我不同意，总有一丝莫名的担忧，传呼即随传随到，听过两个相爱的人曾因传呼而闹误会，我不想让它也阻在我们之间。

"玲子，我真的只是为了和你联系方便，你想我时，就 call 我，我立刻回，别的谁也不回，行吗?"你很认真地解释着。

"不，不行!"我看着你，大声说："不要再提'传呼'两个字，我不听。"

你接着看书，又说："玲子，这种东西，真的很方便。"我看着你，忍不住笑了。那时的你对我很好，其实道理很简单，那时我们刚恋爱，你爱我，也很在意我。

买了传呼机后，正如你说的，彼此联系方便多了，我们的感情也更近了。爱在传呼时加深，我呼你时，加上一个零，你就明白是我的传呼，三个零代表我爱你，再一次三个零代表我想你。爱你，想你，在传呼声中，我和你走过了每一个快乐的日子。

今夜，又是一个人站在往日的电话亭里，一遍又一遍拨着号码，却不等接通又按掉了。一次又一次，一遍又一遍，拨了按掉，按掉又拨。无语，无言，泪水忍不住往下流，心中对自己说：别拨了，

杨玲

5

一串风铃

该忘记的要忘记。但怎么也剪不断你我之间的往事啊！

毕业后分到小镇工作的我，认识了你，本决定一生一个人走的我，也有了一个伴。从那一天起，我发现其实恋爱并不是一件坏事，对我们来讲很美很美。

在星星缀满天边时，我依偎在你身边，数着星星，听你诉说。有空的时候，听着音乐，拿一本厚厚的大词典，两个人同看。两个人在一起总有讲不完的话，总有说不完的事。你也曾讲过，从未想过会和我相处得如此融洽。但我们的感情并非一帆风顺，你的母亲出现了，不知为什么，她那么强烈地反对我们在一起，没有一点商量的余地。我一直默默地等待着，有一天在你的说服下她能接受我。然而，某个夜晚，电话那端的你对我说："玲子，相隔太远，太不现实，我们分手吧！"我哭了，哭得好伤心，尽管当时我什么也没说，但我很想问为什么，难道你不明白我是多么爱你吗？难道你不懂这样伤我太重吗？

一个人静坐窗前，听着风铃声，想起了许多。这种结局谁也明白，从刚开始相恋，就知道是一场苦恋，只是我以为你真的能说服你的家人；我以为你爱我，会因此不顾一切；我以为我们的爱能永恒。但现在，我懂了。你对我的爱，太淡，淡得如传呼，call 时有回音，不 call 时则悄无声息。仔细想想，这样的爱怎么能长久？本想最后一次 call 你，告诉你，我是真的爱你，我是真的离不开你，但又怕失去了自己，再一次伤害自己。从分手的那一天起，我就常一个人，用手在空中拨着你的传呼号码，用心在拨着你的传呼号码，尽管没有回音，我依然这样，默默地，一遍又一遍、一次又一次地拨着。

对你的爱，也在默默地继续着，我不说，什么也不说。

窗和女孩

窗前有一个女孩
静静地听着音乐
看风铃在风中摇曳
风铃是蓝的天是蓝的
女孩的梦也是蓝的
蓝得清新明朗让人心悦

窗前有一个女孩
无语地望着窗外
没有了风也没有了音乐
风铃静静地不飘不摇
天空一片灰暗
女孩的心灰得让人惊慌

窗前有一个女孩
睁大眼睛望着窗外
什么也没有
又仿佛有许许多多

杨
玲

故乡石膏井的童年往事

"爷爷，为什么我们这里叫石膏井？"小时候的自己常常坐在家门口的石凳上问爷爷问题。而爷爷总是不快不慢地说："你看看，在这里你最常见到的是什么？"我四处看看，摇着小脑袋瓜说："哦，铺在地上的石头，还有等我长大后就可以去挖来赚钱的石膏，我知道了，我知道了，原来我们这里就是因为这样才叫石膏井啊。"

我的故乡石膏井是一个三面环山的小村庄，在这里有高高的山坡，有当地老百姓口中的大坡坡，有躺着像老象脊背的老象山。从山脚到山头，最显眼的就是那一级一级的石阶，走在石阶上，看着两旁的树木，闻着花草的芳香，仿佛走进了人间仙境。

在山脚，有一条小河静静地流淌着，在那个年代，所有人都要到这条小河里挑水喝。小河先从山中流出，经过小学校，再经过我们家门前，一直往村外流去。经过山脚的小河还有两个池塘，那是我们经常去洗澡的地方。当地人把女人洗澡的地方叫姑娘塘，把男人洗澡的地方叫憨班塘。一到春季，河两岸就开满了迎春花，我最爱的季节就是这个时节，因为可以用迎春花编成花环，戴上就成了最美的人。黄昏的时候，小河边会有许多人讲话，这是人们在河边打水浇菜。到了有知了的季节，人们会点着火把到河边捡知了，知了多的时候可以装满整整一口袋。这条小河多数时间给人们带来的是欢笑声，但到雨水多的季节，山洪暴发，就会把河边的菜地淹没，在家里都能感觉到洪水的可怕。这些都是多年以前的记忆了，现在的小河成了时常干涸的小河了。

在我的故乡石膏井，从前，人们多数以挖石膏为生，四处可见挖石膏的洞，挖得很深。小时候的我们不懂事，经常到洞里捉迷藏，现在想想，那时候真是无惧无畏，现在我肯定不敢进去了，那是多么危险的事情啊。人们用石膏点豆腐、做粉笔。我记得当时老师们用的粉笔，都是我们自己做的。除了挖石膏卖，这里还有一个熬盐的作坊，许多大锅就摆放在村子中间，每天可以看见人们把盐水倒进大锅里，熬啊熬啊，就变成了白白的盐。那时，我们没有零食，家里的洋丝瓜就是零食，摘一个，把它放进盐锅里，一分钟就熟了，拿出来就是一天的零食。人们不停地挖石膏，取地下的盐水，时间长了，许多地方就往下沉，甚至塌陷了下去。我记得，有一次地震，我家旁边形成了一个很大的坑，当时来了许多军人，在小学校的操场上搭起简易房，帮助村民建设被毁坏的房屋。接着政府就下令禁止开采，挖石膏的人、熬盐的人没有了事做，就到别的地方去找事做了，人口渐渐变稀少了，后来人们搬迁到了村外安全的地方。原来的村址就成了历史。现在的石膏井，以另外一种方式存在着，但我依然忘不了记忆中的石膏井。

杨玲

快乐的日子

好心情在自己
静静的早晨
轻轻地吹着微风
我一个人在悠闲地走着
享受着大地的洗涤
天空如此的清新
我的眼前
一片明朗
感觉一切是那么的美好
世界是如此宁静
又是如此繁忙
因为有爱
所以很快乐

美丽的香格里拉

当我走近你时
我忍不住闭上双眼
想让自己感受你的气息
我来了，美丽的香格里拉
多少梦想
多少期盼
在这一刻
我感觉到了你
静静的山
静静的河
让我不能呼吸
走近你
我想大声地呼喊
把对你的期盼和向往
全部说出来
神奇美丽的香格里拉
你是我向往已久的地方
没有什么语言可以表达我的心情
我只知道
在我心中你是一片美丽的净土

杨
玲

星星无语

坐在星空下
凝望着远方
久久地默默地
只为你在远方
远方的星好亮好亮
仿佛你注视我时的眼睛
远方的天好美好美
如你和我相随的日子
远方遥远
你和我相隔太远
远方的星星无语
你也不言
你我的爱在不言中
遥远
路程　心程
路程能到达
心程是否太遥远

爱是一种责任

没走进婚姻这道门时，心中总有一丝说不清的感觉，也许是怕。但人不可能远离社会，要生存，就要和社会接触。人和人之间的交往，往往是由相识到相知，由相知到相恋，由相恋走向婚姻这道门。

一个加一个等于三个，彼此的爱相加等于爱的结晶。在这个过程中，要经历许多。不管是谁，只要想想曾经，总会思绪万千。也许，你付出了许多代价才追到你梦中的他（她），在得到的同时，也可能失去了许多。想想这些，相信任何人都会认为这一切来之不易。

但人生之中没有永远的拥有。正如你的降生，父母把你带到这个世界来时，没有谁陪伴你。来时一个人，走时一个人。但是，当你有了一个家，有了他（她），你就会明白，你已不是一个人了。

随着社会发展，人们的生活水平有了很大提高，人们的思想、文化等素质都发生了改变，但越来越多的人却对社会中存在的一些问题迷惑不解。为何生活水平提高了，曾经手拉手把所有的苦难挡开的两个人，如今却在幸福来临时互道珍重？

我曾经因为好友芸有一个疼她、爱她的丈夫而羡慕她，也曾经因为她有一个可爱的女儿而心动，很想早日拥有一个家。但有时候想法与现实并不一样。有一天，芸突然一个电话打来："玲子，我该怎么办？他要离开我了。"芸悲伤地告诉我。放下话筒，我一个人静坐在窗前，看窗外黄花满地，如芸的眼泪。

在儿时，曾看过一个故事。一个小男孩整天在大海边找石头，有人问他要找什么样的石头。他说，他的父母亲在离婚时说过，他们今生不可能再在一起，除非石头开花。从那以后，小男孩一直在寻找，想早日找到一颗开花的石头，让爸爸和妈妈重归于好。想到

杨玲

这一切，我在心中默默地对芸的女儿说：阿姨一定要为你找到一颗开花的石头，无论天涯海角。

有缘的两个人在一起，就要携手走下去，正如歌中所唱："也许牵了手的手，来生不一定好走。也许有了伴的路，来生还要更忙碌。"这就是爱。爱上一个人很容易，要一生厮守却太难。只有两个人彼此多一份关心，爱才会长久，才会永恒。

我相信，在叩开婚姻这扇门时，两个人的心情是一样的，想着一生要一起走过。但后来为何会分开呢？也许会说彼此不合。如果彼此不合，当初为何又要走进这扇门？你们也曾有过浪漫：想想第一次眼睛与眼睛的相逢，第一次牵手时心跳的感觉，第一次有爱情结晶时的情景；再想想你是否忍心让深爱过的人伤心，让你的儿女泪眼朦胧地在大海边找开花的石头……

作为男人，你是女人的一片天，女人累了、困了、流泪了，你该为她遮风避雨；作为女人，你是男人的一片云，永远飘在天空中，甜甜的笑，柔柔的情，让男人的天空更开阔。无论是男人还是女人，都要知道爱是两个人的事，爱在彼此的心中，在两个人的手中，牵了手的手不能放开，当你走到生命尽头时，才能无怨无悔。

削出来的人生

　　小时候，饭后总爱坐在门前的石凳上，看着爸爸为我削水果。那时的爸爸，是我心中最伟大的人，因为他能把水果皮从头到尾连着削下来，就如长蛇一样，一圈一圈，长长的。看着他削，我充满好奇，充满敬佩。削好后，爸爸总是把长长的果皮放在我的小手上，而我总是笑着、跳着，满脸阳光灿烂，仿佛把幸福缠在了手上。那种开心，无以言表。爸爸走后，这就成了回忆中最美的一道风景线。从那以后，我吃水果再也不削皮。

　　长大后，一个男孩打破了我的这份平静。那是在一个朋友的生日晚会上，他主动拿起一个苹果为我削皮。尽管削得很笨拙，不会让果皮长长地圈着，但我很感动，因为他是除了爸爸外第一个为我削果皮的人。我静静地看着他削，什么也不说，他削得很认真，生怕弄坏了苹果似的。等他削完了果皮，我刚要去接，他却把手缩了回去。他把苹果切成带花状的小块后才递给我，说是为了让我吃起来方便。看着他的这一举动，我竟忘了说声谢谢，在勾起对爸爸的回忆的同时，我有了一种倍受呵护的幸福感……

　　后来的日子里，我也曾有过让人呵护一生的念头，也曾试着让别人走进自己的心里。但不知为何，在被呵护的同时，自己隐隐还有一种想改变这一切的想法。说真的，那种想法非常强烈，但我一直什么都没说，以为时间长了会适应这一切。现在想来，或许刚开始削断的果皮就预示着一切不会长久，这也许就是冥冥之中的预兆，只是我未曾发觉罢了。

　　幸运的是，后来我们都明白了这一切，尽管不想改变，但还是找到了属于各自的生活。有次在一个朋友家里聚会，所有的朋友都

杨

玲

畅所欲言，只有我一个人默默地坐着，边听他们的谈话边喝饮料。忽然，一个朋友对我说："玲子，给我削一个苹果，好吗？"我什么也没有想，什么也没说，拿起水果刀熟练地削起苹果来。那么快的速度，那么好的刀技吓了朋友一跳。当我看见手中那长长的果皮时也不由得怔住了，这是我自己吗？是那个从不削皮就吃水果的女孩吗？我把苹果递给朋友，找了一个借口就离开了。回到家，一个人打开灯，放了音乐，不由得又拿起苹果削了起来。依然那么快，那么熟练，削着削着仿佛看到爸爸在身边微笑着，也好像听到了爸爸的赞叹声。心中不由得产生了一种联想，也许爸爸那熟练的刀技已在冥冥之中教给了我。要不为何从没削过皮的我会如此熟练，我不正是沿着爸爸的脚印在走人生路？

从小到大，我深受爸爸的影响，一直视书如宝。这时才明白，不知不觉之中因受到爸爸的影响，我才不会甘心受人呵护，也有一种想去主动追求幸福的念头。也明白自己已经长大，再不必靠别人才能活得快乐，也认清了曾一度迷失的内心。于是，把所有的一切理了一遍，结束了早该结束的一切。

我的人生也如削苹果一样。不会削时别人削给自己，无论好坏，自己得承受。而自己会削了，就要削出最好的人生。也相信，自己的人生会变得越来越美丽……

艾星良

艾星良，男，1964年生，原名艾兴良，汉族，云南省普洱市景东县人。中国西部散文学会会员，普洱市作家协会会员。现从事金融行业。在《西部散文选刊》等报刊上发表散文50余篇，在《江西财经大学学报》《云南财经大学学报》等学术刊物上发表金融类文章120多篇。在《云南日报》、云南广播电台等新闻媒体上发表或播出金融信息300多条。

茶香醉了我

普洱市的景迈山，以长满树龄两千多年的古茶树而名扬万里。

那天清晨，我悠然自得，在位于半山密林中一家小小的具有拉祜族建筑特色的家庭式茶厂喝茶。

我倚窗喝茶时，阵阵清香扑鼻而来。为什么呢？你看，面对一幅由苍天和大地浓墨重彩描绘的诗意浓浓、浑厚辽阔的南国山水画，古树茶的清香能不拂面而来吗？

半山之上，好像染了一层薄薄霜花的古茶树，高高矮矮，错落儒雅，儒者如学富五车的文人，雅者如风姿绰约的少妇。在一棵棵高达四五十米、枝杈形成巨型伞状的葱郁树木之间，古茶树走过了两千多年的时光。它们向着山顶进发，到达峰顶后，又一步步急速而下，走过夹沟，跨过溪流，再登上山坡，直达另一个峰顶……就这样，古茶树竟然走出了 2.7 万亩的偌大面积。

半山之下，雾气经过一个晚上的耕作，丝丝交互，织成一片无法丈量的白色云海。四周渺茫之处，线条柔和的起伏山峦，在似灰、似紫、似白的烟雾中，逶迤成椭圆形，又像一片巨型茶叶。云海之下，那些古茶树在漫漫历史进程中演绎着一个个动人的故事。

我端坐在茶凳上喝茶，浓浓的陈香味道溢满了茶室。凝视手中这杯黄亮亮的茶水，再凝视老师傅，我分明看见了老师傅手工制作古树茶的每一天：老师傅带着挑剔的眼神，不慌不忙地环绕着古茶树，采摘最好的茶叶，回家后，再慢慢地用传统"土办法"制成茶饼——烧火、炒茶、舂茶、揉茶。

茶饼的颜色不起眼，就像老师傅一样，都有着一张被滇西南金灿灿的阳光晒得黑黢黢如麻梨树皮一般的脸孔，但茶饼泡出的茶水，汤色金黄，口感温润，味道醇香，香气袅袅，绕住了众多茶客的心。

放慢呼吸，我微闭眼睛嗅香，默想：老师傅生产的茶饼这样受茶客欢迎，为什么不快马加鞭大量生产呢？随即向临窗揉茶的老师傅望去，只见专注笃定的他，一动也不动，眼里全无旁物。唯有清晨的暖阳透过碎碎的窗格投在他身上，忽闪忽闪的。刹那间，我找到了答案：正是老师傅有着种茶人的朴实、诚恳、严谨和拉祜族人忠于良心的执着，才抑制住了追求厚利的冲动，才安于他五十多年严守不变的铁律：质量第一，信誉第一。

我问："师傅，您做过多少茶饼？"师傅憨厚一笑，慢吞吞地说："记不清了，记不清了。"可以想见，五十多年的做茶生涯，做出的茶饼垒起来不亚于一座小山了；可以想见，不论是在阳光灿烂的日子、秋雨绵绵的时光，还是在寒意流动的冬日，老师傅的茶饼温暖了多少茶客的心房；可以想见，公务往来，亲朋相会，老师傅的茶饼四处流动，搭起了多少友谊的桥梁。

黑乎乎的茶饼，都是在老师傅宁静的心境下制成的，是绽放在老师傅生命里永不凋谢的花，茶饼因此便有了一种独特的香味。轻轻晃动手中的茶杯，看色泽变换，寻找茶水内在的品德。喝一口茶，任香味在舌间荡漾，充溢齿喉。接着，慢慢地吸一口气，香气入肺腑，人仿佛醉了，感觉身心被净化，滤去浮躁，沉淀深思。这样的心境，恍若自己徜徉在春天宁静的百花园中，久久不愿离开。

当我从朦胧中回过神来，整个茶室流动着浓浓的像香樟木味，像烟熏味，又像野菌香的味道，又像烘炒香、日晒味、酸菜气的味道，撩拨得喝茶人的心痒痒的，闻了还想闻，嗅了还想嗅。我问老师傅为什么会有这些味道，老师傅说这就是古树茶的陈香味。

我跟随老师傅进入储藏室，中药一样的香味便迎面拂来。不足20平方米的陈旧储藏室黑漆漆的，就像古茶饼的颜色，少量即将流入市场的古茶饼随意堆放着。"师傅，咋个又会有中药的香味呢？"我问。"古树茶和中草药一样，都是草木，所以放在这里的时间长

艾星良

了，自然就有了草木的香气。"老师傅说。嗅嗅这香气，我又一次醉了。

碎步于茶厂的每个角落，习习清风之中，也到处流动着醉人的茶香。

我分明嗅到了还有另一种香气，但言语难以表达，老师傅也说不出个究竟。也许，只有巍巍群山，淙淙泉溪，徐徐清风，还有老师傅对古树茶淡然的爱，才能诠释我所嗅到的独特香气。

当我恋恋不舍，一步一回头地离开老师傅以及香气袅袅的景迈茶山时，我突然想起李娜俫演唱的《实在舍不得》：

> 我想说的话
> 像茶叶满山坡
> 就是不把离别说
> 最怕么就是要分开
> 要多难过有多难过
> 舍不得哟舍不得
> 我实在舍不得

如今，每每忆起老师傅的古树茶，那淡淡余香似乎穿越山水来到我面前，总让我的心绪慢下来，静下来。

倒生根的片片榕叶

当你无意间靠近普洱市中心城区倒生根公园时，你一定会突然被一大团绿色之光吸引，眼前一亮，看了还想再看，真的——那是片片鱼鳞般闪闪发亮的古榕树叶，在滇西南骄阳的亲吻下绽放的光芒。

三百多年前的某一天，这棵名为"高山小叶榕"的小树诞生在这里，开始畅吸日月星辰之灵气，广纳大地山川之精华，历经漫漫岁月，才长成了如今的巍巍然、独树成林、一树春秋；八十多米高的主树干倒生了三四人才能合围的四棵粗壮根茎，还有无数倒生根须——粗实的多，纤细的也不少，如倒挂的钟乳石，或悬于半空，或临近地面，或窜入地下。发达的枝丫延伸到四面八方，榕叶也随枝丫一起进发、一同延伸，覆盖了350多平方米的地面。如此，这棵榕树便成了普洱的一张标志性名片、一道亮丽风景。

多年来，记忆里总也抹不去那少女般鲜活的榕叶。于是，在一个阳光暖暖的午后，我再次走进倒生根公园。刚要迈步拾级，旋即有了这榕叶是一本历史书，是来看唐诗宋词的想法，这样想的瞬间，猛抬头，榕树旺盛的生命力已展现在我的眼前——枝枝条条相间而过，交头接耳交织在一起，成半弧形状，横空斜斜地飞过头顶，伸向车声人声鼎沸的大道上空；枝条间，榕叶茂密、翠浓，阳光从榕叶间漏下来，就像从筛子孔漏下来一样，一朵一朵，碎闪碎闪的有些扎眼。走到镶嵌石块和花池错落的平台上，我被壮如阿佤山小伙，哦不，是被势如长虹的粗大根茎所震撼，顿生敬畏。心灵震颤后，才留意起周围的境况：三三两两的游人悠闲自得，几个老者聚精会神地在打扑克，一群花季少女低头看书，各色小花神清气爽，黄的、

艾星良

红的、紫的都有。在这暖暖的午后，阳光刚刚好，微风里淡淡的清香刚刚好，静赏榕叶也刚刚好。抬起头，视角极好，景色尽收眼底：半空中的枝干枝条平缓的、斜斜的、波浪式的都有，向四方蔓延开来，就像一把绿色巨伞；静看时，隐约发现榕叶的颜色是分层次的，枝底层的绿得深浓，中层的绿得浅浓，顶层的绿得翠碧，一片一片大小不同，姿态有别。此时风微，榕叶显得鲜活丰满，就像一群群傣族少女的模样——娇嫩，端庄。阳光照射下，叶背上的脉络粗细分明，有的像血管，仿佛汩汩的生命之血正在流淌；有的像蝴蝶，欲飞又止；有的像富态的少妇，正端杯品尝普洱茶，姿态极其优雅。

就这样，我沿着平台上看、下看、左看、右看，看着看着，不知不觉间绵绵时光抚平了浮躁的心，仿佛乘坐着榕叶搭建的绿色之舟进入了陶渊明笔下的世外桃源，清爽，宁静，安稳。可是，欻欻的两声，把我拉回了现实之中，原来是踩到了一堆干枯的榕叶。这时，才留意到石块缝隙里落满了凋谢的叶子，便俯身去捡，起身之际，突然想到：叶生，叶茂，叶落，芳华过去，灿烂过去，安然落地，也自有其韵，这正是生命的运转之象。我生怕碰伤这片榕叶，便小心翼翼地捡起一片落叶放进公文包，准备带回家制成书签。

夹在游人中间，我挪着碎步走到马帮队伍的塑像处，恰巧卖花生的小姑娘路过，我便买了一包，吃着红红的花生籽，就像尝着南国的相思豆，边吃边看：无数由树冠一泻而下的榕叶闪闪亮亮形成偌大的绿色瀑布，蔚为壮观，再加上叶片一尘不染，谁见了都会喜欢。据说，有个年轻小伙，他非常喜欢这鲜亮的榕叶，想在他女朋友生日的那天送给她99片榕叶表达爱意，于是兴冲冲地来到我现在所站之处，凭着过人臂力，运足了气，把一小块青石扔到榕树上，想要打落片片榕叶，可是仅仅打下三五片而已。"这榕叶真成了王母娘娘的蟠桃了！"他瞧着榕叶龇牙咧嘴。而众榕叶望着怒气冲冲的小伙，好像故意气他似的，随风摇了几摇，好像在说："你有本事的话，就飞上来摘！"这多姿的榕叶，也迷住了我的眼睛，揪住了我的心，我也想拥有她们呀！但望着高悬的榕叶，也只能摇摇头，把她们印在脑海中，装在心里头，就像那首陕北民歌所表达的情景一样："羊肚子手巾哟三道道蓝，咱们见面面容易拉话话难，一个在山上哟一个在沟，拉不上话话哟咱招一招手，瞭见了个村村哟瞭不见个人，泪蛋蛋抛在沙蒿蒿林。"不过，意境倒是挺像普洱茶的味道，绵绵的，长长的，令人难忘。

我缓缓地在花园小道的石凳上坐下，面对高处的榕叶发呆，突然想起朱敦儒的那首《西江月》："日日深杯酒满，朝朝小圃花开，自歌自舞自开怀，无拘无束无碍。青史几番春梦，红尘多少奇才，不须计较与安排，领取而今现在。"最后一句表达的就是要好好享受眼前悠然自得的境界。可是，我还在想，想在榕叶里寻找到一些什么呢？也许是榕叶几百年来依然葱绿的原因，也许是这一片榕叶是哪一片落叶的替代，也许是榕叶的未来境况；还想到了秋天时节这棵榕树所呈现的东边果实累累、西边依旧翠翠浓浓的"一树春秋"的自然奇观。突然，一阵小雨飘飘洒洒，淋湿了榕树，淋湿了我。待雨后阳光重现时，每片榕叶就像附着一层油，绿亮绿亮的，很耀眼，叶尖系着晶莹的雨滴，摇摇欲滴，让我有了想张开嘴接住雨滴的冲动，尝尝这是啥味道。

有雨的榕叶，意味更深远。

也因为有了雨，才使我顿时明白一个道理：正是一茬一茬、一片一片的榕叶吐故纳新，积极向上，才使这棵榕树有了今天的精彩。世间万物何尝不是这样的呢？

艾星良

23 .

梅子湖的水

　　那天早上起晚了，撩开帘子时瞧见窗外阳光甚好，忽然想起经常游玩的梅子湖，在这样晴朗的日子里，游一游说不定会有意想不到的收获呢。于是，打理一番后，步行20多分钟就到达了那里。

　　站在湖岸的观景台上，激奋的心情几乎跃出胸腔。试想，面对这一湖蓝得"晕"人的水，扑面的芳香水气，哪有生命不振奋呢？哪有意兴不飞扬呢？我尽全力把身子往前倾，脖子向前伸，瞪大眼睛向湖水的四面望去。但见群山原野间生长着青翠欲滴的思茅松和茂密的热带杂木林，一座座山高高矮矮如城市建筑群，一道道梁子像一根根椽子，一个个夹沟像一片片瓦片，将占地600多亩的梅子湖围成一个多棱形，犹如一块蓝宝石镶嵌在滇西南的崇山峻岭中。湖中间的水域，似乎有一台一刻不停运转着的机器，生产出粼粼清波，后头的波驱赶着前面的，一齐向四面递进，奔向湖岸。阳光照在清波上，粼粼闪动，有些晃眼，像薄薄的金片铺于太阳底下。清波一波连着一波，波波相依，蔚为壮观，就像天上掉下来的一块布满无数褶皱的大布。蓝色的湖面映托着湛蓝的天空，天空高远，朵朵白云如只只绵羊，悠闲自得，似乎是不愿意离开这人间美景。湖面上水雾氤氲，缭绕着弯扭着盘旋着往天空升腾，但到了一定高度就不见了踪影。远望那与山腰相连的湖面，水与山一色，山与水一脉。宁静，自然，成了梅子湖的主旋律。

　　走下观景台，我一步一侧望地挪到湖大坝的正中间，发现湖的形态跟刚才不同了，靠近大坝的水面依然清波粼粼，波谷一排挨着一排，像训练有素的士兵迈着正步急速走向石块砌成的岸边，拍打出"哗啦哗啦"的声音，韵律整齐，吸引了不少游客驻足观看。

而对面靠近青山脚下的那块湖面，却纹丝不动，像一面镜子，远远望去倒映在湖里的树木的影子清晰可见，影子是分层次的，与山上树木的高矮一一对应。看着看着，我甚至怀疑湖面上的影子是不是真实的，真想用铁锤砸一砸，看看有什么变化。还有那湖面之上的天空，也想用锤子敲一敲，看看它是不是真的。

　　凝神之际，突然一阵强风从对面山垭口吹来，湖面一角的湖水，被掀起，立起，形成一排排的小绿浪，阳光照在波谷、波坡、波底，随着波浪姿态的不同而反射出不同的光斑，光斑时而明亮，时而刺眼，时而暗淡，让人眼花缭乱，目不暇接。看水人的热情被点燃了，恨不得跳入水中与浪搏击。我双手紧紧握住防护栏，双脚不停地往前移动，想挨近湖水，但防护栏牢牢把守着湖面，我的努力是徒劳的。也就是几十秒的工夫，风过去了，湖面恢复了清波粼粼的姿态，小绿浪消失了。而当湖水、阳光、清风与人有了那刹那的多彩融会，我已有了知足的幸福——感谢大自然的神奇演绎。

　　绕过两三道山梁，走上一条在湖面上搭建的依山延伸的实木观景栈道。抬头可观望青山泉溪，伸手可触摸这样那样的粗树细枝，往低处看，可看见清澈见底的浅水区，其间还有鲜活的画面：在腐树枯枝之间，小鱼倏地动了，倏地静了，像水中的精灵；小虫们迟缓移动，似乎不把危险放在心上；野生慈姑也到处都是，叶片呈箭头形状，小白花袅娜地开着，有的打着嫩绿的骨朵，沾满一粒粒明亮的水珠。花香的味道弥漫在湿润的空气里，让人忍不住想多吸几口。树木也好，花草也好，小动物们也好，尽显生命之色。

　　一处挨近湖心的地方，几丛浮生芦苇绿生生的，宛如仙女沐浴。专注之际，忽然想到了《诗经·蒹葭》："蒹葭苍苍，白露为霜。所谓伊人，在水一方。溯洄从之，道阻且长。溯游从之，宛在水中央……"这首不朽民歌所创造的对芦苇的"企慕情境"，此时对我来说不正是如此吗？看得见却难以触摸到，令人回味无穷。

　　一个山弯的栈道走完，眼前又突然出现了一片开阔的湖面，再

艾星良

次把看水人的心给震颤了。立足四望：依然群山绵延，树林如针如茸；依然碧波荡漾，雾霭朦胧。我把眼睛微微闭起来，把呼吸的节奏尽可能地放慢，尽享湖水之美。当我将眼睛睁开的时候，目光所及之处，只见两只野鸭随着清波的起伏相互追逐，嬉戏打闹；几只白鹭在低空盘绕，兴许是在追求异性吧，岸边树上的则在扑腾着翅膀；阳光从树梢上铺洒过来，跌落在湖面上，金光一片……

就这样，我边看水边赏景，太阳偏西了才恋恋不舍地原路返回。在路上，我想到了那些因缺水而苦苦挣扎的生物，如果每个地方都有像梅子湖一样的水，能够滋养一方安居者，那该多好呀！

十月荷塘美

　　国庆节长假某一天的早晨，我披着淡黄色的霞光，独自一人，心情极好地走向普洱市城区近郊的大荒地公园，去看那里的荷塘。

　　当我徜徉于荷塘四周时，发现岁月的脚步在荷塘身上留下了风雨剥蚀的痕迹，流失的时光也淘汰了荷塘曾有过的美景。但是，当我凝神静气环顾荷塘时，它隐约之中透出的一种特别的气象美，让我捕捉到了，但还说不出它具体的美。

　　荷梗、荷叶有的枯黄、蜡黄、深黄，有的浅黄、黄绿、碎绿，如雨后彩虹，色彩纷呈；水面上倒映着荷梗、荷叶的影子，呈条形、半圆形、圆形，还倒映着荷埂上郁郁葱葱的树木的影子，像雕刻的会晃动的图画；四周蔓生的茂盛的翠绿的杂草，长长短短，一齐向水面延伸，似有争夺地盘之意。淡淡薄纱，如婷婷女子的裙纱，丝丝绕绕，在稀疏的荷梗、荷叶间静静地追逐、轻轻地转动。荷梗，有的高高耸立，安然自得，似乎在诠释不改初心、勇于进取的虔诚；有的弯曲，如一个历尽世间沧桑的老者，似乎在传递生命不息、奋斗不止的信息；有的折断在水中，结束了一生的精彩，但似乎在表达为了来年荷塘绚丽、甘愿奉献所有养分的执着追求。荷叶，有的还圆圆的，绿意多的有，少的也有，叶子边沿微微卷起的有，深深卷起的也有，形成一道道棱角，像一把把花纹斑驳、年代久远的扇子，而且叶面几乎朝着一个方向，似乎在追赶内心的美好；有的被秋风撕裂，撕掉二分之一、三分之一、三分之二，却依然在空中高擎，即使骄阳泼洒，风雨扑来，也宠辱不惊，始终把荷叶最美好的风姿展现在游人眼里，似乎发出自信满满的力量；有的漂在水面上，细孔密密，像一叶小舟的有，像袖珍圆盘的有，缩卷成三角状的也

艾星良

有，无不让人爱怜，散发出即使浸在水中也不辱使命的光芒，似乎诉说着物换星移是自然法则的深刻道理，无须忧伤，以笑相对。莲蓬，如今已变成黑色，有的依然在空中高举；有的被风雨摧折，连根一起泡在水中；有的则与荷梗相离，独自飘在水里。虽然失去了先前的光华，但有一天它会把莲子散落于荷塘，默默等待，一旦新的一年来临，它又会重获新生，把荷塘装扮得美艳，把新的奇妙、新的希望奉献给游人。

清脆的鸟叫声从树丛里传来，把我从若有所悟的深情凝视中唤醒……

突然，一阵强风从洗马河公园的方向吹来，只见荷塘的荷梗齐刷刷地弯向一边，有的几乎倒伏，有的梗和叶扑向水面。而荷叶几乎被风吹了个底朝天，不停地摆动，有的落入水里，有的落入荷埂的草丛间。这些伤感场面，激起了我的爱怜之心，赶紧站在埂上与强风抗争，为荷塘赢得一息安宁，可是在强风面前，我无丝毫反抗之力，只能眼睁睁地看着荷塘接受强风的肆虐。一分钟后，强风停了，荷塘恢复了原先的样子，可就在这时，我发现了新的迹象：尚存的荷梗更硬朗了，荷叶更绿亮了。我边看边想：或许，这就是荷梗、荷叶生存的毅力体现——在大自然面前，不到最后一刻决不放弃。

我找到一张木质休闲凳子缓缓坐下，深吸一口气，开始了十月荷塘美的理性思索：

也许，有人会问，十月荷塘，荷叶美吗？它有三四月间荷叶浅绿、青绿、深绿的色泽吗？有如珍珠般闪闪发亮、晶莹剔透的水露在荷叶上凝聚着吗？有"接天莲叶无穷碧"的壮观景象吗？

也许，有人会问，十月荷塘，荷花美吗？它有五六月间荷叶的鲜红、艳红、粉红，仿佛永远是十五六岁的荷花吗？有微风徐徐里袅娜、亭立、雅致，似一群淑女欢聚的艳影吗？有"映日荷花别样红"的醉人景象吗？

的确，十月的荷塘没有了荷叶的翠美，无法再以绿色去使人心清；也没有了荷花的艳美，无法再以红花去使人陶醉。但我从一股股迎面扑来的特别气象中，终于觅到了荷塘美的答案：那就是荷塘的自信美、笑傲美、坚毅美！

可是，当我再次漫游荷塘，感受荷塘美时，却又发现了荷塘的另一种美——映衬美！

在荷塘的映衬下，周边景物鲜美的层次更明朗了。你看：不远处的茶山上，一排排茶树依次递上，像绿色飘带，明净鲜亮。一边是绿树成林，枝繁叶茂，日夜与荷塘相望，似一对恋人相守；一侧是草丛绺绺，清香四溢，昆虫的鸣叫声此起彼伏；一方是花丛秀丽，娇羞婉约，香飘荷塘。荷塘的上空，天碧蓝，云雪白，鸟飞翔。如此，不正是荷塘的映衬美吗？这一幅能让人宁静的山水画，不正是张大千画里的美景元素吗？

也许，十月荷塘的美远不止这些，其意味就像白居易的诗所表达的那样："杨家有女初长成，养在深闺人未识。"

艾星良

微笑，绽放在万亩茶园

我是一片嫩生生、绿油油、胖乎乎的普洱茶，于初春的一日出生在逶迤绵延、蔚为壮观的思茅区万亩茶园里。

妈妈告诉我："小宝贝，这里土地肥沃、营养充足，过不了多久，你就会像我们一样绽放灿烂的绿色微笑，迎送南来北往的游客了。"从此，绽放灿烂的绿色微笑就成了我的梦想。

可是，突如其来的倒春寒，使我的梦想几经考验。

那日，暖暖的春阳不见了，柔软的春风不见了，欢声笑语不见了，取而代之的是迎面而来的阵阵寒意、股股寒气。只见天空灰蒙低矮，乌云浓厚翻滚，气流唰唰作响。远处的景物高高矮矮模糊不清，近处的景物一片黯然。我呆头呆脑、孤单寂寞地任寒风肆意、任寒意侵袭。过了一会儿，当我还剩一丝力气飘零在浑浊的寒风中时，心里生起了巨大的恐惧：照这样下去，我怕坚持不了多久，很快就会死去的。于是，我大声叫唤："我要阳光，我要温暖！"但是，我的叫唤是徒劳的，奇迹没有出现。相反，我感到越来越冷，瑟瑟发抖，肢体似乎僵硬了，意识模糊了，冥冥之中，仿佛看到了我正迎着太阳绽放灿烂的绿色微笑。

"呼！呼——呼！呼——呼——呼！"铺天盖地的呼啸声，如洪钟震耳，把我吹清醒了："我还活着！我还活着！"但我嫩弱的叶片已被吹向一侧。迎着风，我挣扎着站直站稳，但几次都被吹晕了。在这危难时刻，我突然想起妈妈，便眯缝着眼睛，把祈求的目光投向她，妈妈也正与狂风抗争，东倒西歪，无暇顾及我。此刻，绽放微笑的梦想给了我力量，给了我战胜困难的信心，于是鼓足干劲继续奋争，一次、两次、三次……终于，我站直了！站稳了！向着梦想迈出了坚实的一步。我的内心无比激动，热流传遍全身，迅即转向妈妈，妈妈读懂了我的表情，便给了我一个温柔的微笑——祝贺我取得成功！

我以为，战胜寒冷和狂风，梦想就能实现了。殊不知，一道刺眼的闪电登场了……

刺眼的电光划破长空，直赴大地，刺得我心惊肉跳。是又要发生什么可怕的事情吗？此惊尚未平息，"轰！"一声炸雷炸开了，紧接着，又是一连串的闪电、炸雷轮番上演，霎时把我震晕了。等我清醒过来的时候，只觉得全身剧痛，我忍不住哭出了声，哇哇地叫妈妈，妈妈示意我要坚强！要坚持！唯有这样才能等到梦想来临的那天。为此我告诫自己："坚持！坚持！怕什么呢？有妈妈在，盼头就在，世界就在，并且只要挺过这一关，就会翻开新的一页，就会迎来新的生命历程。"心平之后，我顺着痛点看去，只见绿色的汁液从破裂的伤口中汨汨流出。我忍痛捂住伤口，紧咬牙关，抖抖身子，重新直立于电闪雷鸣之下……

可是，还不到一分钟，豆大的雨点便噼噼啪啪从天而降，肆无忌惮地打在我脆弱的身躯上。全身又是一阵剧痛，整个身子随之快速地倾斜。我又忍不住哭了，我已忘记哭了多少次了，连抬头呼唤妈妈的力气都没有了。豆大的雨，好像不会累似的，不停地拍打，不知道什么时候才会停歇。有一阵子，我感觉全身被雨水浸透，像是干枯的土地被水灌透了一般，无法再吸纳一滴水了。尽管我痛苦不堪，但我的梦想就像附身的灵魂，始终在我的脑海里闪现，从未离开。正因为如此，我才有了活下去的理由。于是，我大声地说："暴雨，你来吧，我是不会输的，为了梦想，我有无穷的力量！"

柔弱的我，面对寒冷、狂风、电闪雷鸣、暴雨，无力还击，不知所措，就像经历了一场噩梦。但是，现在的我，慢慢地冷静了，沉着了，成熟了。因为，我看见妈妈她们始终临危不惧，坦然面对，立于天地之间。正所谓："不经一番寒彻骨，怎得梅花扑鼻香？"

艾星良

许久，寒冷走了，狂风跑了，电闪雷鸣消失了，暴雨也停止了……万亩茶园的天空又变得明净高远，春阳又播撒开来，春风又遍地温柔拂过；一望无际的茶山，次第延伸，如锦屏铺陈。茶叶青翠，绿浪起伏，一片盎然……而我，觉得浑身是劲，体内有一种东西在聚集，热乎乎的，且不断膨胀，终于有一天，它喷薄而出！

"你绽放绿色的微笑了！"妈妈惊喜地告诉我。真的吗？我赶紧朝脚下的小水坑看去——啊，在妈妈的关爱下，我真的绽放绿色的微笑了！在滇西南温暖的阳光下，熠熠生辉，透出健康灿烂的美！

从此，我成了思茅区万亩茶园碧波荡漾中一片尽情绽放绿色微笑的普洱，迎送着络绎不绝的游客。

雾舞太阳河

一直有个念头：再次到美丽的普洱市太阳河国家级森林公园观看那里的雾。

这个念想，那天实现了。凌晨3点多，我和友人开着车，到了"树上人家"度假村后，从左侧行进，之后沿密林里一条蜿蜒的山路爬上山的最高峰。站在一块巨大的石头之上，旋即一种胸揽天地河山的豪壮感流遍全身，心跳声"咚咚咚"作响，仿佛佤族小伙欢跳木鼓舞发出的声音。向天仰望，苍穹寂静，湖蓝色的夜空闪耀着丝绸般的莹莹光泽，柔软细腻。月如钩，星辰闪烁。举目环顾四周，寂静神秘，群峰苍茫，像宽阔无边的海洋，呈现出巨大帘幕般的黝黝色泽，朦朦胧胧。冷风吹过，寒气袭人。天地的色彩宛如绘画大师笔下的丹青水墨。

在默默的等待中，光线逐渐明亮了，月亮的影子逐渐清淡了，星光的闪烁逐渐稀疏了，群山的轮廓逐渐清晰起来了。又过了一袋烟的工夫，整个太阳河森林公园的上空，呈现出一个灰蓝色的美丽世界，像是一位揭开神秘面纱的仙女，露出了光鲜亮丽的娇美面容：望不到尽头的满眼群峰，树木粗细不一，疏密不同，各显高矮胖瘦之态，又错落有致，浑然天成。峰腰之下，雾气织成的白色云海，像滇西南的无量山一样无法丈量。它纹丝不动，就像板结了的白色冰层，其气势之宏伟，在我这个中年人的心里，激荡起层层涟漪，仿佛一股力量，随气流而来，撞击我身，令我赞叹不已，油然佩服朗朗乾坤的伟大琢力。

我默然伫立，尽情让洁白的雾层灌满双眼。曾经羡慕他乡名胜

艾星良

一串风铃

风景的瞳孔，此刻竟被雾的美景染得热泪欲流。

突然，激动人心的一刻闪现了：在那渺渺递嬗的东边，阳光最先光顾的地方，白雾跳起了夺目摄魂的舞蹈。

雾，微微蠕动，蠕动，蠕动，犹如胎儿最初在母体蠕动一般，唯有沉淀心绪的人，方能觉察出这微妙的变化。十秒，二十秒，三十秒……雾蠕动的面积越来越宽，蠕动的节奏越来越快，犹如大海无风时候的弱浪，一波一波，一浪一浪，似乎在酝酿某一种奇迹。一分钟后，奇迹果然出现了：雾，形成一包一包的形状，远远望去，犹如白色的蒙古包镶嵌在一望无际的大草原。蒙古包似乎有了生命，同时，顶端突然绽开，如白莲花绽放，把天空映照得白莹莹的，白莲花分层分瓣，直直地往上蹿，一齐向金色的太阳奔去，但到了一定的高度，白莲花又消失得无影无踪。浓厚的白雾，初心不改，执着坚韧，前赴后继，但结局都一样，淡灰色的天空，成了她们最后的归宿……面对这样的景象，我突然想到：这种大自然的造化，遵循的是"顺其自然"的哲理。而我们人类呢？很多时候还不如这白色的浓雾，该放下时不能从容地放下，总留恋着尘世的繁华，追名逐利……

眼前一片浓雾掠过，阵阵凉意使我回过神来，只见整个太阳河森林公园的上空，白雾全都苏醒了，随即剧目频频在空旷辽阔的大舞台上演，惊喜连连，让看雾的人目不暇接，热血沸腾。在遥远的四周，在那如宋人笔端描绘的淡淡的、灰蒙的、似紫的、像黄的山水画的边沿，浓雾织起一排排的烟阵，奔腾翻滚，似千军万马，形态瞬间万变，一会儿像骑着高头大马的将军，一会儿像手持盾牌的士兵，一会儿又像身背利剑的武士……在那靠北的一方，浓雾展现出千山万壑、风物密布的样子，一些浓雾剪裁成飞禽走兽，宛如太阳河密林里自由自在的白鹇、绿孔雀、小熊猫、犀牛、滇金丝猴、鱼和虾，有的则像大象、雄狮、穿山甲和长颈鹿。在我的正前方，一个偌大的雾公园，宛若苏州园林，有亭台轩榭，有假山池沼，有小桥流水，有花草树木，有楹联雕刻，有雾丝缥缥缈缈。近景远景层次分明，颇有"画廊金粉半零星，池馆苍苔一片青。踏草怕泥新绣袜，惜花疼煞小金铃"的意境。可是，尽管浓雾如此绚丽，尽展风采，但短暂，总是急匆匆地像雪球一样翻滚着，一波一波冲向金灿灿的太阳，并裹住太阳。瞧那阵势，似乎要把太阳紧紧裹住，使太阳无法肆意铺洒光线，使自己成为真正的主宰者。这奇异景象又引发了我的遐想：这么美丽的雾景，如此神秘的太阳河，兴许埋藏了千年时光。幸好渐被世人所熟识，但要真正看懂、读懂，如果没有一颗宁静的心去感受、体会、默想，是难以与之相遇、相识、相融的。

我闭上眼，感受着这些无拘无束似有旺盛生命力的白雾，分明看见自己那颗蒙尘结痂的心冉冉盛开，稍许，一瓣比一瓣透明，一瓣比一瓣纯净。

突然，友人轻轻拍我的肩，问："想什么呢？""想雾的绚丽多姿，想'天赐普洱、养生天堂'的美妙诗句。"我若有所思地侃侃而谈。"这么神奇漂亮的雾，一定有她的诞生之地，我们去寻找吧！"

此时，金色的太阳就像一把战无不胜的利剑，刺破了气势汹汹的白雾包裹，朗朗地悬于高高的蔚蓝天空，像凯旋的英雄俯视着大地。而浓浓的白雾则在暖阳之下扑腾着渐渐放弃了抵抗，消失了，唯有少许白雾悠缓飘游，温温顺顺，宛如邻家小女孩。太阳河216平方公里的铮亮河山，蜿蜒起伏，莽莽苍苍，威武雄壮，在阳光、淡白色气雾的交织辉映下，神秘感自旖旎的风物里一股股透出来，又给了游客充满惊奇、希望的一天。

我深吸一口气，带着发自心底的赞叹，和友人沿着陡峭的山坡而下，穿树林，扒藤蔓，揪树枝，过灌木，踩岩石，跨沟坎，走平地，迫不及待地走向河谷，寻找白雾诞生的地方。当走到河一侧的

艾星良

半山坡时，凭直觉我察觉到了异样的动静，可是起初，什么都没有发现，除了微弱的阳光洒在青枝绿叶间，就是鸟的鸣啭。然而，当我定神几秒之后，却真真实实地捕捉到了那动静：树根下、灌木丛里、蕨类植物间根根白色游丝静逐，缥缥缈缈；又是几秒的光景，游丝多了起来；再几秒的时间，树林里、灌木丛里、蕨类植物间都有缕缕的白纱飘过。不知不觉间，整个半山坡上，白纱热烈起来，运动起来，弥漫起来，形成了白雾。

"这就是白雾诞生的地方！"我惊叫起来。

带着欣赏敦煌壁画一样的激奋心情，我们继续寻找白雾的影子。所涉之处，无不游丝飘飘，白雾荡荡。一边走，我一边寻找白雾诞生的答案，终于像一个开窍的孩子高兴起来，心里有了能说服自己也使别人满意的答案：太阳河区域有着丰富的降水量——年均1600毫米左右，到处水气渍渍，尤其河谷两侧更是如此，这就成了白雾诞生的产房。白色游丝每每经过一个晚上的耕织，便结成了浩浩荡荡且厚实的雾层。

阳光穿过淡淡的白纱，泼洒在树的叶子、枝条、主干上，穿过林间的光点跌落在大地上，零零碎碎的，就像镀了一层淡淡的黄金。这样的图画，使太阳河森林公园更加旖旎。

有人说："太阳河，作为风景区和自然保护区的综合体，之所以能像普洱茶一样名声渐起，是因为其有着河水的清澈、树林的茂密、道径的幽深、动物的繁多、植物的遍地以及白雾的惊艳，而久居喧嚣城市的人们，为了洗涤浸身的浮躁，便纷纷来此过滤，享受热带与亚热带共有的独特风物。"

想着游着，我猛一抬头，才发现太阳快偏西了，虽然观雾的兴致依然浓烈，但还是与友人一起恋恋不舍地朝着普洱市城区的家迈开了脚步……

如今，每每念及太阳河国家级森林公园的雾，我的心底总会因为兴奋而难以平静，于是，填词一首，释放相思之情。

这词是：

忆秦娥·雾

白纱舞，丹青频送河山素。河山素，仙境略逊，滇南深处。

太阳河里风物住，人车满流挤破路。挤破路，好评无数，别后欲顾。

艾星良

樱花，你慢慢落……

"樱花，你慢慢落……"不由自主地默念出这句话时，语调伤感惋惜，内心充满"逝者如斯"的感慨。彼时，我正伫立于普洱市城区边沿的茶山观景台，眼中装满了那一群樱花树上纷纷坠落的樱花。

樱花，你慢慢落……因为，我还没有赏够你喷吐的轰轰烈烈与灿烂。

几天前，同样的时间、地点，辽阔如蓝宝石一般的天空，碧绿如海的微波，沐浴着徐徐清风，嗅着淡淡清香，我酣畅淋漓地目睹、享受了你热情、奔放的壮观演出：宛如长龙蜿蜒的实木栈道两侧，恰似梯田依次递下的茶山间，好像筒瓦半圆的两山夹沟里，你掀起了撩人心扉的千层浪，演绎着春天里充满希望与惊心的传奇，弹奏着《黄河大合唱》一般的曲调。

樱花一朵一朵，红白相间，婀娜多姿，像16岁的花季少女，亭亭玉立；樱花一片一片，片片纯真，没有修饰，像民间工艺品，特点鲜明又浑然一体；樱花一闪一闪，像镀了薄薄的淡金粉，把偌大、壮阔的茶山装点得花光潋滟，映得半空瞬间变换着图案，美不胜收；映得游人春光荡漾喜上眉梢；映得城郊一角诗意浓浓。

樱花的灿烂，就像是一个人坚定了目标——义无反顾，就像爱上一个人，明知竹篮子打水一场空——无果，可还是毅然决然地绚丽绽放。樱花的轰烈灿烂就是如此，拼足了一个轮回积蓄的能量，突破春日的绿意，尽情地开呀开，开到轰烈得不能再轰烈，灿烂得不能再灿烂，奔放得不能再奔放，犹如一场熊熊大火，燃烧于早春，令眼球发热，心头震撼，情绪飞扬！

看着你的灿烂，我落寞地想到：滇西南的春天，百花齐发，要是没有你的绚丽，这春天难免会寂寞一些，世界难免会平淡一些。犹如爱情，如果没有彻底地轰轰烈烈地爱过一个人，那么人生难免会单调一些。

"樱花真美！"一声接一声的欢快之音从树丛里来。

我回过神，凝视如雨飘落的樱花，倏地又想起"花谢花飞飞满天，红消香断有谁怜"的诗句，便脱口而出：樱花，你的灿烂为什么如此短暂——就十来日的光景，像是流星划空而过，难道，是你不留恋芸芸众生的人间？还是另有不可告知的原因？在夏、秋、冬三个季节，你是隐退的、淡泊的，把精彩让给了百花千草，然而一旦以"舍我其谁"的姿态展现，就应该多灿烂一些时日呀，让游人看个够、看个饱、看个醉。

你可知道，你的灿烂如海洋将我淹没了，温润、装点了我生命的画卷。你可知道，看过你的灿烂后，我就油然想起古人的问答，"寂寞空山，何堪久住？"多情花鸟，不肯放人！此言、此时、此景，道出了我的心情。

意之所远，心之所达。或许，奇迹真的会出现，就像人类不断进化一样，那么，你就不会匆匆离开绿少红多的枝头了。

樱花，你慢慢落……因为，我还没有读够你潜藏的优雅气质——含蓄、祥瑞。然而至此，我对你生命里流溢的东西依然没有读够。"我要融进你的世界——读够你。"于是，带着严肃庄重的心情走到一棵樱花树前，仰头观看尚在枝条盈动的樱花，只见，雪白里透出红晕的花瓣簇拥着鹅黄色的花蕊，花的形状像梅花，枝条酷似桃树的枝条。看着看着，我发现：别的树叶多、花少，是绿叶衬托花朵，而樱花树则树叶少、花多。一枝斜飞的枝条竟有十余朵花，一丛丛、一簇簇的，像飘浮于天空的朵朵绯红晚霞，又像一朵朵落于枝上的粉红小球，鲜活活的，美极了。看着看着，我仿佛看见一朵朵樱花幻化成了一幅幅优雅画面：一个阳光明媚的春天午后，在青山绿水之滨，微风徐徐，三两个身躯修长的恬静女子，穿一袭白

艾星良

色绸缎旗袍，云鬓高挽，淡扫蛾眉，浅施粉黛，大大方方地端坐于阁楼里，泡一壶陈年普洱茶，氤氲的茶雾袅袅弥漫，茶香随风静逐，醉了慕名而来的四方茶客和八方宾朋，也醉了明亮清澈的一方山水，更醉了缭绕的轻烟中临溪照水的女子……

在枝繁叶茂、花丛绺绺、鸟声啾啾、纱帘飞扬处，一个秀发飘逸的女子，玉手抚琴，双眸含笑，低眉婉约，浅吟低唱《普洱之恋》："你那雨后的春光……你那悠悠的马帮……啊，我的普洱茶乡……啊，我的快乐拉祜……啊，我的佤寨新娘……我的绿海天堂……"歌声悠扬婉转，绕过垂柳，漫过花丛，缓缓地流向更远更清朗的地方，使听到歌声的每一个人，都感觉身上爽爽的净净的，嘴里就像被无量山泉水润过一样，湿漉漉的，甜丝丝的。

纤如星芒的小雨，在一片傍湖的翠竹里织起了缕缕薄烟，使午后的天光微微明亮。一群穿着青花暖色旗袍的女子，每人擎一把油纸伞，走在青石铺就伸向远方的小径上，渐行渐远，直到朦朦胧胧……有女子、翠竹的画面，正体现了郑板桥《题竹诗》的意境："风中雨中有声，日中月中有影，诗中酒中有情，闲中闷中有伴。"温柔似仙的女子不再是乡间的女子了，垂绿展碧、清心的竹不再是一见而忘的竹了，而是我们心目中的偶像，是知己，为平实的日子添加了多多的趣味。

"樱花真美！"欢快之声再次传来。

我又回过神来，似乎还没有从刚才婉约女子优雅气质的画面中清醒过来。我坚信，那些幻化景致中的女子，那含蓄、祥瑞的气质定是樱花的化身。

樱花，你慢慢落……因为，我还没有揭开你耐人寻味的花容。

樱花，你耐人寻味的花容深深吸引着我，所以，总有一种无形力量让我亲近你、了解你。比如，你鲜洁明润的形象是如何塑造的？你雪白的肌肤是如何形成的？你透彻的红、夺目的粉红是如何恰到好处地镶嵌进雪白里的？或许，这些问题在植物学家那里算不上问题。但是，爱钻研、实践的我忍不住走到樱花树前，伸手摘下一朵灿然欲笑的你，撕下第一片花瓣、第二片、第三片……直到露出鲜活活、黄嫩嫩、晃着小脑袋的花蕊。观察一番后，将其中一片花瓣撕开，于是，鲜红的肉体裸露于旷野，微风一吹，汁液汩汩，花瓣瑟缩，似乎痛苦地呻吟着什么。再看看别的花瓣、花蕊，也像在责骂我，顿时我明白了，心颤了，责怪自己如此鲁莽，竟然对孱弱的花朵下此重手。然而，想寻找的答案却如狂风吹过沙漠——什么痕迹都没有发现。后悔，我无尽地后悔……遂将花瓣、花蕊葬于花香之地，默默祈祷，以求点滴慰藉。一阵失望后，我仰头叹息："啊！可爱的樱花啊！难道你真的不愿意把我想要知道的东西展现出来吗？"

"满地落花，似点点有情泪。""好美的落花！""普洱真好！""想不到会有这么温和的地方！"一连串的话语打断了我的沉思。

"樱花，你慢慢落，我一定会找到你耐人寻味的花容的答案的。"我喃喃自语。也许，有一天，我会从普洱大地的苍茫群山、蓝天白云、奔腾流水、摄魂茶香、人文气象中找到你潜藏的花容内涵。

走在实木栈道上，只见你一朵一朵、携一身轻盈，在微风中坠落——失离芳魂。那满栈道坠落的你，像静静睡去的美少女，淡然，安详，恬静。

像雨一样纷纷坠落的樱花，似乎在诉说着什么……

当我离开樱花林时，心中有些惆怅，便情不自禁地默念："樱花啊，你慢慢落……"

艾星良

慕小小

　　慕小小，女，哈尼族。自幼酷爱读书，亦对写作情有独钟。做过教师，现从事文字编辑工作，喜欢在行走间叙说山水人文，笔下的文字大多从胸臆中流出，随性，淡然。最初接触文学源于对阅读的爱好，而今，文学却已是心中一隅，未远离喧嚣，却可修篱种菊。

干田散记

干田位于宁洱县城西南方，德化镇以北，距宁洱县城 35 公里，距德化镇 12 公里。据说这里喜欢把水田放干了来种，所以名为"干田"。

到干田的初衷是捡菌，彼时已是八月末，随着一场又一场的雨，秋意渐浓，市场上出售的菌子种类和数量都在急剧下降。"最后一拨菌了。"又一次菌子家宴后，母亲说。这句话提醒了我，应家在干田的文友红伟之邀，以到干田捡菌为由，附带着收集图片资料的任务，在群里邀约了水湾文学社的几位文友，浩浩荡荡朝干田出发了。

从县城出发，沿途有数不清的树，车子驰过，不断有绿光在闪耀，像是个装满财富的宝库。公路大蛇一样蜿蜒前行。爬了一个个坡，绕了一个个弯，又下了一个个坡，绕了一个个弯。一小时后，干田到了。

一进红伟家，就看到两位精瘦的老人在整洁的农家小院里，分拣背篓里的菌子。我们直奔而去，围着那一朵朵刚从山里"赶"回来的菌子七嘴八舌，两位老人微笑着一一回答我们的问题："这朵是大红菌，那朵是奶浆菌，还有青头菌和核桃菌……"不用客套和寒暄，大家一见如故。干田人称捡菌子为"赶菌子"，这称谓让人觉得新鲜，细细一思量，这"赶"字用得甚为巧妙，天不亮起床，赶在别人前面，从这座山赶到那座山，把散落在森林各个角落的菌赶到身后的背篓里。这一个"赶"字，把捡菌这件事，演变成了一场盛大的放牧。仿佛这些藏在腐叶下、泥土中的菌，都是大山里的人们在冬春放牧的。到了夏秋时节，自然要邀拢而来，赶回家去。微信圈里此时正在盛传"捡菌需发证"的消息，这样盛大的放牧，真要被种种烦琐的手续和证书弄丢诗意和美好？这多少让人有些扫兴。不想也罢，中饭饭点将至，进山"赶菌子"得在饭后，灶台上的菌子尚未成菜，趁着空闲，好好逛逛干田的菜园子吧。

红伟是个热情好客的主人，他背着背篓，带着我们朝家后的菜园子走去，愈走愈远，一直走到了后山。

家后有座山真好啊！这座山可以是一个果园农庄，那里有着酸酸甜甜的野果子，有着鲜嫩可口的山茅野菜；这座山可以是一个快乐的游乐场，野草、野花、蟋蟀、蜻蜓都是最好的玩伴；这座山还可以是一本百科全书，每天都在叙说着大自然的密码。红伟幸福地拥有着这样一座山。走走停停，我们摘着回味甘甜的橄榄，吃着嘎嘣脆的黄瓜，和他一起分享着山野的乐趣。

返回途中，遇到几个村民，和红伟的父母一样，他们热情、宽厚而谦和。似乎大家熟识已久，他们很热情地邀请我们到菜园子里摘果子吃，到家里去吃饭。一种很温暖的感觉荡漾在心，"宾至如归"说的就是此情此景吧。

路旁有几棵高大的剑麻，叶面宽大肥厚，我们童心大起，像小时候一样，用棍子在叶面上调皮地写下"到此一游"，还拍照留下"罪证"，才嘻嘻哈哈地回家。

午饭在滴滴答答的雨声中愉快地进行着，对于即将开始的"赶菌子"，我们怀有无限憧憬。

秋雨不爱纠缠，来得快也去得快。不怕树林里的雨水湿身，只想把大山里的菌子"赶"到自己的背篓里，我们紧赶慢赶朝家对面的大山出发了。

雨后的稻田黄绿相间，清新可人。一排排草垛在田里站得久了，似乎也在日月精华的滋养下有了灵性，看上去充满了"文艺味"。收纳干田风水的石拱桥就建在稻田边，这是一个难得的天然秀场。机不可失，我们纷纷摆出各种自以为文艺范的 pose（姿势）拍照。白马老师一向敬业，不顾雨水和淤泥，走到桥下拍石拱桥的全景，不

慕小小

甚满意，又爬到对面的山坡上去拍。终于，美好的一幕定格在了白马老师的镜头里，我们也纷纷竖起了大拇指。这赞美，献给白马老师，也献给这美丽的天然秀场。

这样一场"赶菌子"，显然更像是走秀。我们在红伟父亲的带领下，每人持一根树枝，扫雷般翻遍了大半个山头，运气较好的奎和秀"赶"到了几朵红菌和核桃菌，红伟父亲收获最大，"赶"到一朵小伞样的鸡枞，其他人更多只"赶"到一些扫把菌。我们来的时间太迟了，又是一次显而易见的慢半拍。同行的文友都有着一副好心态，这样的情形并未影响大家的兴致。对于善于发现美的文友们来说，愉快的气氛，清新的空气，雨水洗刷过的树林，一切看上去都是那样的新鲜，这样的大自然已经足够美妙。

然而，在干田还有更美妙的。冬春老师看了我在微信上发的图片后，诗意地把那里称为"干田水世界"，而我则在走进那里后才发现，干田其实是有水的。

这的确是一块奇妙之地，在我还未走进它时，一丛婆娑摇曳的翠竹、一渠清澈见底的溪水，还有那溪旁盛开的不知名的粉色小花和一个个供山螃蟹出行的小洞，就已经另辟蹊径，为我所要见到的"水世界"打下了最好的伏笔。

当哗哗的流水声从不远处传来时，我们知道，"水世界"近在咫尺。果然，绕过一个弯，一座晃晃悠悠的竹桥出现在我们眼前，桥下流水潺潺而过。流水洗涤过的石头静静地躺在河床上，像少女的胴体般洁净光滑。这真是一块清幽的处女之地，拥有着一种无法言说的圣洁和肃穆。我们停止了说笑，只静默地欣赏着眼前的盛景。

这一片"水世界"是干田的水源地，出于对水源的珍惜和对神灵的敬畏，每一年干田人都要在这里举行祭竜。多年以来，干田村流传着这样一个传说：很多年以前，干田原有的水源干涸，人们的生活陷入困境，到处寻找水源。一个清晨，村里的一个年轻小伙扛着锄头走进了这个山箐寻水，突然看到箐边的一棵大树底下汩汩冒出水来。"踏破铁鞋无觅处，得来全不费工夫。"小伙子大喜，见水出得少，急忙上前用锄头去挖，不料刚冒出来的水一下子无影无踪。小伙子大为懊恼，回村讲给村民们听，有德高望重的老人说："你那是惊了水神，帮了倒忙，三日之后再去看看吧。"三日之后，小伙子又回到山箐里，发现那棵大树下没有冒出水来，倒是在离大树几百米的上方，一股清泉正汩汩冒出，干田自此有了水源，再没干涸。

走过竹桥，一条小路蜿蜒通往左前方，路旁有两块黝黑的大石，门神般严肃、壮实。穿过它们看守的山门，往下走几步路，一抬头，流水分作两头从高处的岩石上倾泻而下，形成了两道瀑布。一道优雅纤细，蜿蜒而下；一道不遮不掩，飞溅而下，像是一对悠然出世的神仙眷侣，自在地徜徉在这天地间。好一幅大自然的神来之笔！走近瀑布，水花四溅，晶莹而多芒，我们看得呆了，不留神，飞珠碎玉已温柔地打湿衣角。

天边乌云密集，又一场秋雨酝酿着以何种姿势落地。我们得返程归家了。邂逅这一块水的世界不过几分钟，我们就已经深深地迷恋上了它。这样的一个"水世界"，丰润，水灵，圣洁，纯美。它让我明白，干田是水做的，一如这里的山、这里的人。

慕小小

千景之谷觅梵音

景谷，古称"威远厅"。自古以来，这块 7777 平方公里的土地就与佛祖释迦牟尼有着深厚的渊源。作为南传上座部佛教的重要传承地，早在 2500 多年前，释迦牟尼就曾到景谷云游布道，降妖除魔，留下了百余处佛迹，目前已经发现了 26 处，尚有多处等待着人们去发现、考证和膜拜。傣族人民世代相传的贝叶经上，镌刻下了佛祖云游景谷的过程。也正因此，景谷有着"无量宝地、佛迹仙踪"的美誉。

几千年来，傣家人一直虔诚地信奉着佛教，在佛祖的庇护下泰然处世。而今，这里还有 84 座缅寺，正所谓"村村有缅寺，寨寨有僧侣，佛经如山，佛塔如林"。

2017 年（傣历 1379 年）采花泼水节，正是珠栗花开满山头的时节，在铓锣象脚鼓点声声中，在傣家吉祥物白象、孔雀和马鹿的翩翩起舞中，我随普洱市作协采风团一行拜访景谷，寻觅佛祖释迦牟尼留下的袅袅梵音。

拜见雷光佛寺

雷光寺位于永平镇北部，距离县城 60 公里，位于海拔 1400 多米的莱贯罕山上。雷光寺始建于清雍正十一年（1733 年），历经 52 年，于清乾隆五十年（1785 年）建成。寺中供奉有三处佛迹，分别是脚迹、手印和金鸡孔雀身印。在佛迹旁，还有一泓清澈亮洁的泉水，据说饮之可祛百病。据傣文经书记载，佛迹乃是嘎哥圣塔、戈那夏麻纳、嘎赛巴、果大麻（即释迦牟尼）四位佛祖在雷光山登天时留下的，千百年来并未有慧眼识之，直至傣历 1147 年，一位名叫瞻鼎的高僧在一只金色螃蟹的引领下，方在雷光山发现佛迹，自此修建大仙人脚佛寺（傣语称"巴达莱贯"，意为有佛迹的寺庙），瞻鼎担任住持，大仙人脚佛寺遂成为南传上座部佛教朝觐圣地，引得成千上万人前来瞻仰佛祖，朝拜和观光仙迹圣地，形成了一年一次的"朝仙节"。

"文化大革命"时，佛寺惨遭毁坏，有人甚至想用炸药炸开仙人脚寻宝，幸而佛祖显灵，天空顷刻间乌云密布，电闪雷鸣，炸药怎么都点不着火，这群居心不良者落荒而逃，后来都不得善终。后人有诗云：

> 历代佛光照世间，如山事实不能颠。
> 留着脚印传千代，刻有仙迹万古仙。
> 圣地磐石苍更翠，佛门宝地绿无边。
> 妖魔数次作恶坏，断肠呜呼去逝天。

1982 年，佛寺重建。2005 年，第二次修葺大仙人脚佛寺，并正式更名为"雷光佛迹寺"，来自全国佛教界的高僧云集在此，举行盛大开光仪式。

2014 年景谷"10·7"地震后，我曾到永平救灾抢险现场采写，要务在身，虽对雷光寺仰慕已久，却未能亲临一拜，得知即将前往，心中自是倍感兴奋。

采风的车队疾驰前往，走着走着，我们后方的两辆车跟丢了前方的车，奔出雷光寺路口十余里路方才察觉，连忙调头回赶，未料和我们同行的另一辆车再次走错了路，岔到了碧鸡方向，待我们赶到雷光寺与前方车队汇合，他们已在那里等候多时。

一路赶赴，我并未留意沿途风景，倒是一下车，寺前矗立着的一道石坊吸引了我的注意力。石坊中间是一块石碑，石碑久经岁月洗礼，泛黄的碑身苍苔遍布，面目斑驳，上面镌刻着一个大大的"佛"字，两边用石柱搭有两道空门。石坊上方已经残缺，这一份残

慕小小

缺与"佛"字互为映衬，呈现出一种古老的禅性之美。我踌躇在两座空门前，不知该走哪一道或是要绕过它们，思虑半晌，还是绕过石坊，走到了它的另一面。迎面而来的一副对联让我的心一阵战栗，这不就是我当下的经历吗？

对联为：

　　不是一番苦行未知何处觅仙迹

　　若非百计踌躇那得斯地有名山

　　横批为：

　　　　大皈依光（先）生就西弥

　　碑面以傣文阴刻四位佛祖在此留下佛迹登天以及发现佛迹后建寺纪实。中间刻有一排古朴的文字：乾隆五十年丙午住持护朝瞻鼎孟春月榖旦立。看毕，我不禁哑然失笑，笑自己的迂腐和牵强，这副对联自是以住持瞻鼎的口吻所写，道尽他随着经书追寻佛迹过程中的百般沧桑和柳暗花明，岂是我那行路途中的小插曲所能涵盖。

　　看罢石碑，我登上石阶，经一条青石板路行至雷光寺金碧辉煌的大殿。恭敬地脱下鞋子后，我走入殿中，门口有人在敲一口大钟，我未敢妄为，一心只想要给佛祖敬上一炷香。之后才知，此钟是泰国信徒送到景谷的铜钟，名为"安康钟"。钟前刻有"到寺来敲馒（傣语，意为钟），终生（钟声）得安康"。每位到佛寺拜佛的群众，拜完佛后，均可在此钟前先震地3下，再敲钟3下，又震地3下，意为震天震地，让天地见证其佛心和善事，能保佑亲友安康。殿中有些从外地慕名而来的游客，有一位居士在用景谷话给他们讲述雷光寺的前世今生，我在一旁屏息恭候，待游客们走后，方取香点燃，在佛前跪拜，祈福家人健康平安，又为家人求了几件吉祥物，居士很认真地对着物件念了佛经。刚想要一睹佛迹旁的清泉真容，取杯圣水来喝，却被同伴前来唤走，说大家已陆续离开了雷光寺。

　　带着未了的心愿，我随同伴匆匆走出了大殿，走向下一个目的地：省级非物质文化传统文化保护村落——芒岛。我想，或许哪一天，我会回到这里，就那样静静地、从容地待上一天，听寺里的佛爷们给我讲述《贝叶经》里那些古老的佛事。

芒岛村见闻

"芒岛"为傣语，"芒"为村，"岛"为葫芦，意为像葫芦一样的寨子。据村里的老人说，芒岛村几经易址，现在的地点是佛爷给三条黄牛念经后，由黄牛引领村民找到的吉祥之地。当我们到达芒岛时，芒岛已是锣鼓喧天，热闹非凡。村口有迎宾队伍载歌载舞、洒水祝福，我们却未能感受。车满为患，在村口已经没有停车的地方，我们只能绕到村子后面的空地停好车再进入芒岛。这给了我们一个机会，可以换个角度，远距离地观察芒岛。

远远望去，芒岛寨子在群山掩映之中，田野阡陌纵横，池塘波光粼粼，古朴自然，秀美如画。高达数米的经幡柱插遍寨子的周围，长长的经幡高高随风飘舞。景谷文联的张副主席告诉我们，经幡上绘有佛家故事、写着傣家经文，高悬于此意在"随风祈福"。的确，风每吹动一次经幡，就如同将上面的经文诵读了一遍。我想，上苍诸佛保护一切制造和悬挂经幡的人们，哪里有经幡，哪里就有善良吉祥。

进入村子时，年轻的傣家姑娘身着樱粉色无领和服式短襟衣，腰束银腰带，下着彩色金线绣花筒裙，头缠花头巾，在广场上丢包怡情，有几个顽皮的孩子已经按捺不住激动的心情，互相泼着池子里五彩的水取乐，远处隐隐传来象脚鼓声，循着这点点鼓声，我们在寨子里穿行，往芒岛佛寺走去。

芒岛佛寺建于清光绪二十五年（1899 年），已有百年的历史。踏入寺门，迎面的佛寺就向来者传递出一种古朴凝重的气息。这是一栋三檐歇山顶围廊建筑，屋顶覆青灰色瓦，飞檐微翘，檐下皆饰斗拱，四角均挂有铜铃，风过便叮当作响，发出悦耳的声响。在圆

慕
小
小

柱、门窗、藻井上均有花卉、鸟兽、人物为主题的木雕，在大殿外檐二、三层檐木板上绘有傣族佛经故事粉彩壁画，色彩绚丽，鲜艳悦目。大殿正中释迦牟尼佛和他的弟子的佛像庄严地端坐其中，右后方还有一尊弥勒佛像笑看众生。两侧悬挂着颜色鲜艳的长幡经画，绘有《召树屯》《翁帕罕》《藏三亚》《千瓣莲花》等佛经故事。有傣家的妇女们在佛前虔诚地点燃蜡条，滴水祈福。院内的空地上，傣家人敲打着象脚鼓翩翩起舞，动作轻灵，一如他们的秉性。

正午时分，狂欢的泼水模式已经在广场开启，我们未带换洗衣物，便躲进路旁一户傣家。我们进去的时候，院子里的凉棚下坐满了人，主人正在招呼客人们品尝傣家凉粉和水米线。我们找了个位置坐下，正寻思要不要叫份凉粉来吃，同行的王老师说："泼水节这天，任意走进一户傣族人家，都可以吃到免费的傣家美食，这一家，我刚刚就来吃过。当然，在路口摆摊的除外。"原来，在泼水节这天，好客的傣家人在家中精心备下美食，等待着进门的客人来品尝，来的客人越多，就寓意着这一家人来年的生活越加吉祥幸福。芒岛的傣家人户户相连，家中并不设大门，在寨子里行走，你可以任意从这家走到那家，吃了这家的凉粉再吃那家的水米线，如此淳朴的民风，大概是久居钢筋水泥森林中的人们所难想象的。

在芒岛，我们不紧不慢地待了一天。短短的一天里，我深深地感受到，一种浓浓的禅意透过阳光和微风萦绕在我们周围。据经书记载，释迦牟尼佛云游景谷期间到过芒岛，那一天，天降大雨，佛祖便在一块巨石下避雨，巨石上就留下了佛祖的头背印。雨停后，佛祖把淋湿的袈裟摊开在一块圆石上晾晒，留下了袈裟印。之后佛祖继续前行，从一道天然形成的石门通过，留下了"佛门石"……释迦牟尼佛在芒岛共留下了金扇印、手掌印、靠背印、佛门石、换袈裟石、晒袈裟石等多处佛迹，形成了"佛迹群"。芒岛寨和其他附近的寨子的傣族群众，每年泼水节都到"佛迹群"朝拜，祈求佛祖保佑平安、五谷丰登。几千年来，佛祖的慈悲之怀已经如当日的雨水一般，浸润至村寨的每一寸土地，傣家人从出生之日起，佛祖的告诫就已经根深蒂固地烙印在他们心中。在寨子里的石墙上，随处可见一块块木板悬挂其上，木板上用汉、傣两种文字书写着从佛经里摘录下来的语句，这些文字书写稚拙，却富有哲理，充满禅性。我们一一拜读着，体会着。"最幸福的人生就是宽容与悲悯"。"尽多少本分，就得多少本事"。"普天之下，没有我不爱的人，没有我不信任的人，没有我不原谅的人"……

欣赏着原生态的民族歌舞表演，我们在品尝过芒岛的百家宴后，在暮色中告别了这座美丽淳朴的寨子，启程回到景谷县城，准备参加第二天在勐卧总佛寺举行的浴佛仪式。

勐卧佛寺浴佛

勐卧佛寺位于景谷威远镇大寨，是昔日的官佛寺，又称"勐卧总佛寺"，总佛寺是与"勐"（傣语，即一个土司辖区）相对应的佛寺，设在土司驻地，统管全勐佛寺及佛事活动。我们从芒岛回到景谷县城的第二天，是傣历 1379 年的第一天，此前，热情的傣家人告诉我们，勐卧佛寺即将在这一天中午 12 点整举行隆重的浴佛仪式。

浴佛仪式起源于一个美丽的传说：释迦牟尼佛出家前是北天竺迦毗罗卫城的净饭王之子乔达摩·悉达多，当他从母亲的右肋出生时，一落地就会走路，每迈一步都会绽开一朵莲花，在走到第七步，第七朵莲花绽放的地方，他一手指天，一手指地，说："天上天下，唯我独尊。"就在他说话时，天雨花香，九龙吐水，十头大象采来鲜花献给太子，五帝带领天神、地神等各路神仙前来朝拜太子。一直以来，景谷的佛门僧俗大众每于傣历新年的这一天，都会效仿释迦牟尼出生时的情景，献奉鲜花，用龙潭里取来的圣水沐浴释迦牟尼佛像，以示崇敬。

傣历 1379 年的第一天，我们起了个大早，追随着采花和取圣水

慕小小

53 .

队伍的足迹，取了龙潭水，采了飘香的珠栗花，随着盛装的队伍敲锣打鼓前往勐卧佛寺。当我们到达勐卧佛寺时，傣族信众们已经做好了浴佛的相关准备。释迦牟尼佛的佛像已经被请到大殿石阶前的桌子上端坐，山里采来的鲜花簇拥在佛像四周。大殿一旁，信众们已用沙堆好了佛塔，上面插满了彩旗和纸花，傣家的老人告诉我们这意味着辞去旧岁迎接新年。相传，佛祖释迦牟尼年少时在河边玩耍，将沙垒起积成沙堆，然后就向沙堆跪拜，以示为自己做过的错事赎罪，跪拜后得到上天的同情，上天就为他做过的错事超度。为了纪念释迦牟尼佛祖，堆沙这个习俗就一直流传下来。

等待期间，自然不能错过瞻仰寺中闻名于世的"塔包树"和"树包塔"。两塔始建于清顺治元年（1644 年），至今有 300 多年历史。两座塔遥遥相望，塔身呈哑红色，上面雕刻有佛祖释迦牟尼、天神、唐僧、孔雀公主、螃蟹姑娘、飞龙、飞马等图案，可以说，这里的每一幅浮雕都是一个动人的傣族佛经故事和民间传说，浮雕中的一花一草、一虫一鸟都和傣族人民千百年来的生产生活息息相关。比起塔身来，我显然对与塔同生共息的菩提树更感兴趣。

两千多年来，菩提树被虔诚的佛教徒视为圣树，万分敬仰。"菩提"一词为古印度语（即梵文）Bodhi 的音译，意思是觉悟、智慧，用以指人如梦初醒，豁然开朗，顿悟真理，达到超凡脱俗的境界。传说佛祖释迦牟尼是在菩提树下潜心打坐，终于在七七四十九日之后顿悟成佛的。在中国佛教界，早在唐朝初年就留下了"菩提本无树，明镜亦非台。本来无一物，何处惹尘埃"这样以物表意、借物论道的名句。眼前的菩提树枝繁叶茂，粗壮纷乱的根须枝条从上到下，把塔身缠绕得严严实实，树与塔融为一体，树冠亭亭如盖，笼罩在塔顶上。一串菩提树叶就在我的眼前，我走近细细端详，叶片新绿，形似心形，到了尾端骤然变得细长，如同滴水一般，网状的叶脉清晰整齐，据说这叶片落地后，叶面腐烂，叶脉却可以完整地保留下来，清晰透明，薄如轻纱，名曰"菩提纱"，是佛教信徒的钟爱之物。我们在菩提树下拍照留影，愈觉格外清新怡人。

怀着美好的愿望，我们再回到佛像前潜心等候。12 点整，佛寺里的佛爷和主持筹建佛寺的勐卧第 17 代土司刀汉臣的后人一同出现在大殿门口，晶莹明澈的龙潭水顺着金色的管子缓缓流到佛像身上，为佛祖洗去一年的尘垢，簇拥在佛前的人们争先用容器去接浴佛的水。据说这浴佛的水喝了之后可以祛百病、保平安。我们也用矿泉水瓶接了些，想要把佛祖的庇护带回家与亲人分享。随着佛像身上的尘垢洗净，佛像愈发显得金光闪闪，浴佛的水渐渐变得大了起来，淋湿了在佛像前接水祈福的人们，佛爷在高处舀起一瓢瓢水泼洒向人群，寺院门口，傣家人再次敲起象脚鼓，伴着欢快的节奏，白象、孔雀和《西游记》里的各种角色纷纷登场，一阵阵欢呼声此起彼伏，一场盛大的、仪式感极强的泼水狂欢就此开启。我们深深地融入了这样的氛围之中，很快便被淋湿全身。"泼湿一身，幸福终身！"被水泼得越多，就代表收到的祝福越多。满心欢喜地，我们离开了勐卧佛寺，不用再寻觅，那千年咏诵的袅袅梵音早已驻进心头。

慕小小

石膏井往事

"环普皆山也,城东南三十余里,群峰逶迤奔腾巍然,丰满而敦厚者石膏井也。前到后壁为屏障,后靠翠婵为倚,左右两山应侍,诸水环绕其间,此天造地设诚普郡,天生矿产山腹有间……"这是清嘉庆十九年(1814年)重修龙神祠时,石膏井在古人笔下呈现出的画面。

石膏井位于宁洱县城以南,同心镇东隅,几百年前,曾经因盛产盐而声名远播,鼎盛一时。正所谓"天生矿产山腹有间",这俊秀的山腹间不仅产盐,还产石膏,故得名为"石膏井"。

在石膏井还未被冠名,四面皆莽莽原始森林时,就有四条茶马古道途经这里:往北途经天生桥、困夯、花子洞、木瓜箐、土锅寨、大新寨、头塘、普洱等地达昆明、北京、西藏等地;往东南途经三家村、"火烧桥",沿那渣箐和那勐勐村秧草塘、窝拖寨田地交界处直到大凹子村称干树,最后由大凹子、勐先乡延伸到越南;往南途经马鞍山、勐腊到达老挝、泰国;往西途经株栗河、那柯里、坡脚等地到思茅、景洪、勐海,最后到达缅甸、泰国、新加坡等国。在这一条条充满传奇的"南方丝绸之路"上行走的,主要是运送茶叶、药材、食盐、棉花、布匹、大米等货物的马帮和牛帮。古道漫漫,前路崎岖,有艰险有挑战还会有意外收获,在石膏井的茶马古道上一直流传着这样一个故事:很久以前,一个牛锅头赶着一群牛路过石膏井,这天的天气异常热,负重的牛大汗淋漓,步履蹒跚,走到树荫下再不肯迈开脚步,看这情形,体恤牛群的牛锅头索性把牛身上的货物卸下,把牛赶到一旁的草地上吃草,自己则靠在一棵麻栗树下休息,牛铃叮当,蝉鸣阵阵,劳累了几天的牛锅头不知不觉间入梦。待他醒来，太阳早已背阴，草地上一片空寂，牛群不见了。牛锅头慌了神，在四周寻而不见后，他挥舞长刀砍去盘虬在树间的藤蔓，一直走到了遮天蔽日的森林深处，整整找了三天，仍然不见牛群踪影。沮丧之余一脚踏进了一条丛林深处流淌出来的小溪中，一阵清凉由脚底沁入全身，牛锅头这才觉口渴难当，便弯腰掬起一捧水来喝，水刚入口，他就觉一阵苦咸，"噗"的一声吐掉了口中的咸水。与此同时，灵光一现，他知道在哪里可以找到牛群了。牛锅头不再慌张，笃定地沿着小溪溯流而上，小溪越往上越宽，在一个大水潭边，牛锅头看到自己的牛群正惬意地饮用着水潭里的水。牛锅头并不急于去赶牛群，只再次弯腰掬水来尝，果然又是一阵苦咸。这山腹里定是有盐！牛锅头欣喜若狂。在古时，盐巴胜似黄金，并且不允许私采。牛锅头随后报告了官府，官府派人确认后，给了牛锅头一笔不菲的赏金。石膏井的盐矿自此诏告于天下，一段随着盐巴而至的黄金时代自此拉开了序幕。

　　石膏井前后共建了大井、天宝井、石膏井三个盐矿，随着盐矿的建立，从昭通来的砌井人、从大理剑川来的木匠师傅、从附近村寨招募来挖生盐的沙丁、从宣威来背盐的"背背"、从西藏赶着马帮过来的马锅头……来自四面八方的各色人等汇聚在石膏井修路、挖井、建房、熬盐、驮盐……一时间，石膏井熬盐大锅热气腾腾，半山之上房屋鳞次栉比，街道两侧酒肆茶馆锦旗飘扬，戏楼、烟馆、赌馆热闹非凡，俨然一个繁华热闹的小城镇。为加强对石膏井的管理，官府在这里设石膏井县，先后派了14位官员来管理盐务。衙门设在村子旁的一座山梁上，如今石膏井人把这座山梁唤作"衙门梁子"。从宁洱县邮电局退休、92岁仍笔耕不辍的杨全仁老先生就曾在1983年看到过一枚铜制的邮戳，上面写着"云南"和"石膏县"五个繁体字，邮戳的柄虽已被损坏，但五个繁体字却真实见证了石膏县的存在，后邮戳被上交到了省邮电管理局保管。

　　鼎盛之时，从茶马古道上汇聚到石膏井的，不仅有财富的积累，

慕小小

还有文化的交流和进步。在这里可以看到西北的旱船、山东的武术，还可以欣赏京剧、滇戏、花灯、北方大鼓、河南梆子和安徽黄梅戏。在石膏井围坟山还曾发现了云南文化名人、云南历史上唯一的状元袁嘉谷为石膏井富商何丛甫撰文的墓志铭，从墓志铭上可以了解到：袁嘉谷和何丛甫同为石屏人，一起上学，同巷为邻，后结为亲家，何丛甫早年为儒生，后到石膏井经商，富甲一方而有仁德，对父母恭敬孝顺，对兄弟友爱谦让，对子女教育有方，才学优秀，儿孙繁茂，为世人所称道。

古人信奉天神，为能从山肚子里挖到更多的财富，石膏井的盐商带头修建了众多的庙宇，如玉皇阁、财神庙、灵源宫等，在庙里供奉了玉皇大帝、财神、关羽、火神等各路神仙，后来又在头台坡供奉了一块曾助人得子的灵石，还把它雕刻成一位慈眉善目的老婆婆，怀里抱着一个裸露着身体、粉雕玉琢的小男孩。这些庙宇飞檐微翘，雕梁画栋，常年青烟袅袅，香火不断，是石膏井人的精神寄托所在，也象征着他们对幸福生活的无限憧憬，蕴含着丰富的人文价值。清代文人许太和曾题诗《灵源宫泉水》，从中可一窥灵源宫一隅的昔日神采：

> 幽谷高而深，灵源得气长。
> 流分山左右，味比雪清凉。
> 既裕调羹灶，还盈漫珙塘。
> 饮来浑不厌，为洗俗肝肠。

盐商们逢年过节邀请戏团来唱戏，其中以"二月二，龙抬头"最为隆重。这一天，乡绅们身着长衫，净手上香，虔诚叩首，诵读祭文。百姓则携妻带儿赶赴庙会，看杂耍、尝小吃、放风筝、荡秋千、打陀螺，有的还到石婆婆那里，在石婆婆怀里的小男孩微微张开的口里倒入糖茶，糖茶流经小男孩的身体，然后从小鸡鸡那里流出来，一旁等待的人们迫不及待接了糖茶喝入口中，口中默念祈福求子……财神庙、灵源宫、石婆婆庙后来随着一个又一个的天灾人祸毁于一旦。而今，在这些庙宇的断壁颓垣上，还可寻到一些遗留下来的石柱青瓦和残缺的碑文。这些历史遗迹的存在，从某种程度上见证了石膏井商贸繁荣、文化昌盛的景象。

从石膏井的山腹之间源源不断挖掘出来的白色金子——盐，让石膏井长期以来呈现出一派天下太平的祥和景象，却不知底下也是暗流涌动：有人在这里掘盐成金，成功辉煌，也有人吸食大烟上瘾败光家产；有人在这里偶遇佳人，成家立业儿女双全，也有人婆媳不和吞金自杀；有人在这里寻找到新商机，开店立铺，也有人欠下赌债卖掉亲人。一出出人间悲喜剧持续上演着……

在外工作的55岁石膏井人李乔良先生告诉我们，石膏井有一座"标杆坟"，这座坟茔的主人是一位年轻貌美的女子，名为芸香。芸香出身小康之家，家境殷实，后嫁到石膏井一茶商之家，丈夫常年在外经商，家里就只剩芸香和婆婆相处。婆婆生性刻薄，芸香是独女，在娘家时受尽宠爱，免不了有些小性子，二人针尖儿对麦芒儿，常为些琐事斗气积怨，家中乌烟瘴气，气氛紧张。丈夫常年不回家，加之身体单薄，芸香嫁过来两年仍没有怀孕，这自然落了婆婆的口实。那年大年三十，芸香外出几个月的丈夫又捎来口信说忙于生意，不回家过年，婆媳俩皆心里凄凉。做饭时，神思恍惚的芸香先是煮糊了饭，后又摔破了碗，婆婆心中不满，把家中一只母鸡捉了来杀，指桑骂槐地说："不下蛋的母鸡留着有什么用，不如杀了的好。"芸香本就和丈夫感情淡薄，婆婆又雪上加霜，积郁多时的怨气堵在心头，再也无法消除，就在除夕夜吞下了从娘家带过来的金饰，坠痛而亡。芸香死后，她的父母伤心欲绝，到石膏井大闹了一场后要求厚葬女儿，芸香的丈夫在外另有家室，自认理亏，厚葬了芸香，还在坟前立了一块一米多高的标杆，以示安抚。芸香下葬后，坟地周围阴气很重，除了牛羊会无意间到那里觅食，再无人敢涉足于此，人们把那里称为"标杆坟"。在很长一段时间里，"标杆坟"的存在成为一种警示，提醒着石膏井人要宽厚为怀、优待亲人，久而久之，

慕小小

石膏井变得民风纯良，邻里和睦。

清嘉庆年间，朝廷开放了盐业的开采和生产，只垄断销售，石膏井盐业"四大家族"（包、陈、左、华）就此崛起，成为石膏井最具影响力的盐商。石膏井75岁的老人李自章回忆说："四大家族中，数老华家最受百姓爱戴，华家人做事沉稳，文武双全，不剥削百姓，后代贤良，有考上北京大学和清华大学的，也有到海外留学的。"而华家的先祖华彩庭更是一个传奇人物，他两岁成为孤儿，十几岁到石膏井盐矿做沙丁挑盐水卖，遇到贵人得以到私塾学习，中了举人在朝廷做官，后又辞官回到石膏井采矿，为发展盐业、造福乡里办了不少实事。华彩庭还积极支持爱国运动，两个儿子在辛亥革命中牺牲，被授予二级爱国梅花勋章和革命烈士家属称号，后又因资助云南护国运动被授予二级护国勋章。

民国末年，石膏井的盐矿渐渐枯竭，人丁日益疏减，石膏井县改成了灵源镇，1955年石膏井盐场关闭，石膏井改称灵礼区，时至今日则称为石膏井村。

200多年过去了，环绕石膏井的群山依旧逶迤，应侍两旁的象山和马山还是那样栩栩如生，奔腾巍然。可在两山之间那条曾经因为天生矿产而鼎盛的街道，却已然沉寂，曾经发生在这块方寸之地的悲欢离合已随岁月的滚滚洪流一去不复返了，只有那深埋在草丛里的残垣断壁，那古老柏树下的碑文石刻，那从老人口中传来的往日故事……这些旧日时光的蛛丝马迹，略显吃力地诉说着石膏井的往事，让人唏嘘，更让人深思。

在破旧立新的路上，国人一向有着步伐太快的嫌疑。建筑学家梁思成曾在北京古城被大肆破坏却无能为力时痛哭失声，时间证明，梁思成当年对于文化遗产的保护意识是先进的，这样一种意识，代表着一种鲜明的文化态度和文化理念。在石膏井文化被破坏、被遗忘的过程中，是否有人痛惜过，我们已不得而知。所幸，面对全球文化竞争时代的来临，国人在民族文化复兴进程中不断增强着文化的自我认知。石膏井深厚的文化底蕴，正被一位位有识之士所发现、挖掘和保护。斯人已远去，唯有希望在不远的明天，石膏井那被时光所掩埋的文化根脉，能够重新焕发出熠熠光辉。

慕
小
小

行走在干坝子大山

"每一块土地，你不去行走，都会有深深的误解。"这样的误解可能是美好的，抑或是质疑的，然而，却一定是不完整的。

五月，水湾文学社计划组织会员到干坝子大山采风，这是个振奋人心的好消息，我欣然从命，开始张罗。

"干坝子大山位于宁洱县梅子镇永胜村西北部，海拔2851.13米，宁洱县最高点，面积5平方公里。山峰、山脊多为茅草，冬春季节茫茫黄草一片，形如干涸的坝子，故名'干坝子大山'。"这是官方对干坝子大山最简洁的解释。民间关于它的传闻则以艰难险阻居多："干坝子大山毒蛇出没，一旦被咬没有活过来的!""干坝子大山风大高寒，极易高原反应生病着凉!""干坝子大山路程遥远，山路险恶，要四肢伏地走七八个小时才能回来……"

当这一个个带有赞誉或是敬畏的信息传到我们耳朵里时，我们心存神往却顾虑重重。作为组织者，我们首要考虑的是会员的安全和健康问题。去还是不去? 或者说，登顶还是不登顶? 这是一个问题。我是倾向于登顶的，虽然膝盖有隐疾，不适于登山，但登上干坝子大山是我多年的愿望，当它距离我如此之近却要舍弃，这是我所不愿为的。徐主席作为社长、采风活动的总负责人，所要考虑的会更多，她的意见是不登顶，仅到草甸。水湾文学群里，计划前行的文友们早已热血沸腾，摩拳擦掌，跃跃欲试，几个计划表演的文艺节目也在紧张排练中：两个小品的演员们利用下班时间积极配合，梅艳老师顶着烈日帮我们排练舞蹈《一杯美酒》，和这群水湾的演员一样，为了这台节目，她牺牲了"五一"三天假期。为了排练正常进行，秀秀帮我跑上跑下，把老爸的录音机也给蹭来。这样一群热心的水湾人让我感动到不禁热泪盈眶，我怎么忍心告诉他们这样的计划，于是转而向主席申请说要不我们兵分两路，视各自身体情况决定去草甸或是登顶，主席还是慎重地表示到梅子镇看实际情况再议。

那就且按下不表，边走边看吧。5月6日下午，20余名水湾人浩浩荡荡地挺进梅子飘香的地方——梅子镇。当晚，水湾文学社和县文联的"扶贫挂钩村"民乐村举办了主题为"植根基层种文化"的文艺联欢会，在此驻村的魏总早已打好前阵，一切按部就班地开展。一出场，民乐村表演的广场舞激情四射，热情似火，魏总实现了"货真价实"的联欢，和村上的干部合唱了歌曲《鸿雁》，阿白哥、闲花和水组成的"白花水组合"表演的小品《相亲》大受欢迎，逼真的扮相、诙谐的对白让村民们捧腹大笑。在另一个小品《扶贫风波》中第一次出场的毕姐表现让人惊喜，下场却直呼自己演农村老奶奶竟忘了摘眼镜，从后来发回的剧照来看的确是个漂亮且有气质的"老奶奶"，或许，这也是意外的惊喜吧。还未出发，王忠老师一首《梦中的干坝子大山》已经新鲜出炉，他在晚会上朗诵起来：

> 多少年来
> 我的心里一直在痴想
> ……
>
> 有一天
> 我一定要爬上那座山顶
> 做一名骄傲的水湾人

这朴实的话语道出了水湾人的心声，怎么忍心拒绝，那就兵分两路，一路登顶，一路到草甸野炊吧！兴许是这样的决定让人兴奋，那晚，睡在梅子农贸市场旁的小宾馆里，我竟然失眠了。

次日清晨7点半，文友们会集出发，车子行驶在莽莽群山之间，车窗外，这个季节的时光是美好的，天空沉静，草木欣然。这块红

慕小小

色的土地是哈尼人世居的地方，远远望去，对面山腰上一丘连着一丘的梯田顺着山势蜿蜒，三三两两的哈尼民居散落在大山间。血管里流淌的哈尼血脉突然沸腾起来，哈尼先民南迁寻找诺玛阿美的故事随着窗外疾驰而过的大山一幕幕回放。我不禁怀想，这一丘丘梯田里，满载着多少汗水、泪水和歌声？从远古走来的先民啊，这是否就是你苦苦找寻的诺玛阿美？

颠簸了一个多小时，车至干坝子大山脚下纸厂坡，向导白大哥已经等候多时，待人员到齐，他颇为专业地强调了几点注意事项，防范山中毒蛇是其中的要点。水害怕毒蛇在打退堂鼓，奎一脸兴奋渴望这趟探险之旅，徐主席担心大部队安全忧心忡忡。我一贯相信直觉，第六感告诉我险情虽存却无大碍，唯一担心的却是自己，连续两晚无眠，膝盖的隐疾……正如冬春老师所言，"这么多年，我唯一的敌人是自己。"我需要战胜的不是别的，正是自己。仰起头来，我寻找着那高达 2851.13 米的顶峰，更觉胆战心惊，光是用眼睛循过那绵绵群山的脊梁到达顶峰，也要花上几秒，路程之遥远可想而知。"要不就随另一路到草甸吧。"我这样想。"抵达才有发现。"作家伊始老师的话及时地冒了出来，我不想给自己留下遗憾，再次仰望那在云间若隐若现的顶峰，我给自己打气："加油！走吧！"

9 点半，告别前往草甸的同伴，十几个不同心态的水湾人缓缓走上纸厂坡，向干坝子大山顶峰进发。显然，我们来迟了。被太阳热辣辣地烘烤着，周围没有任何遮挡物，我们唯有忍受这荒芜的炙烤。走了十几分钟后，我深感不妙，身体内有股气流在向外迸发，头痛、眼胀、耳堵……一系列的不适接踵而至，好半天，我才明白是高原反应来造访了。转头看看山下，我几次想要反悔，可开弓没有回头箭，除了前行，别无选择。向导白大哥及时递给我一根竹杖，又把我的背包接了过去，我咬咬牙，一步一步往上走，步履沉重，心境悲观。

山野的景色是美好的，我无暇欣赏，只想早点走到一个稍微平缓阴凉的地方歇歇，白大哥老说快到了，可这陡峭的山坡啊，似乎永远也走不完。就在我快要坚持不住时，四周的植被越来越浓密，过于热情的阳光被密密的树叶遮挡起来，一股浓重的原始森林气息从四方围拢过来，它渗入我全身上下每一个细胞，奇妙的是，所有的不适突然缓解了。这时，我更加相信了"大自然疗法"，或许，最贴近自然的、最本真的，才是最适宜人类的。

歇息片刻，行走渐入佳境，拄着竹杖，我已能跟上大部队的步伐，森林里的植物按照海拔高低有序生长着，我依照着这些植物判断着所处的海拔，估摸着所剩的路程。

走过高大的阔叶林，走过密密匝匝的滑竹林，我们进入芊萝藤蔓丛生的古树林，这是一个幽闭的空间，没有阳光，没有风声，没有虫鸣，没有鸟叫，就连我们的脚步声，也被厚厚的地藓消音，这像是一个圣殿，一个森林的圣殿。我似乎感觉到，森林的隐者们，正隐藏在某个角落窥探这一群闯入者，用我们所不知的密语在低语、争论，为我们的到来做一个定论。幽静间行走了好长时间后，我意识到，我们已经深入了干坝子大山的腹地。不敢高声语，我们只默默地行走。这是一个最贴近大山心脏的时刻，这样的时刻，时间已经静止，时空俨然贯通。千万年来，时光的秘密就藏在这山林间，那如痴似醉缠绕在大树上的芊萝藤蔓知晓，那一根根横卧路间的枯木知晓，那厚如地毯的苔藓和藏在它下面的腐土知晓，但我知道，它们将永远缄默，守口如瓶。

一步一步，不断前行，从纸厂坡出发，攀爬已近 4 个小时。长时间的行走，筛除了所有杂念，思维变得异常纯净，所有的人此时只有一个念头：快点到山顶。这时的行走近乎是机械地随着身体的惯性进行，当身边树木越来越矮小粗壮，当山风渐渐凛冽，当阳光又照耀在身上时，我们知道，山顶就在前方。果然，又一番艰难的攀爬后，前方山势豁然开朗，一丛丛矮小粗壮而遒劲的救军粮和杜鹃花树遍布整个山头。据说，二三月间，这里就是一片绚丽梦幻的

慕小小

花海，然而"佳人"已远，我们已无缘见到它的倩影。

桀骜的山风不拘地吹来，凌乱了我的长发，却撼不动山梁。迎风远眺，宁洱梅子、景谷凤山、镇沅田坝、墨江新抚四个县境内的大山在这里遥相呼应，天地雄浑辽阔，深远亘古，心境一下悠远与明朗起来。云朵的光影在群山之上流淌变幻，那是它捕捉到的时光轨迹，我似乎也飘了起来，随那光影在流动，深情地摩挲着这伟岸的脊梁，山顶的风光，任取一帧都是人间稀有的美景，我已错失杜鹃花开的时节，断不会错失眼前这如时间般不可复制的胜景。

无法掩饰到达山顶的喜悦，我们对着群山呼喊，所有的疲乏劳顿烟消云散。"意气风发"这个词语用来形容此刻山顶上的水湾人分外贴切。转过头来，我看到向导白大哥在指引大家祭拜山神，原来，光顾着兴奋，我竟惘然不知地在山神石旁高呼。不知者无罪，收敛心性后，我静穆地拜了山神。这样的举动无关迷信，那是一种对大自然的敬畏和尊重。一路历尽艰辛攀缘上来，那些千万年来生长在这里的生物都在传递给我这样一个信息：大自然永远无法征服，即便此刻它就在你脚下。

意外的是，此处并不是最高峰，到达 2851.13 米的顶峰尚有半小时的路程，继续前行吧！半小时后，我们顺利到达顶峰，因为之前美丽的误会，我们没有意想中的兴奋，只匆匆停留便开始下山，前往草甸和另一路同伴会合。

下山的路并不平常。开始的一段，我们不断地从这个山峰爬到那个山峰，山峰起起伏伏，行走在上面，我们渺小如蚁随这绿色的波涛沉浮，又似行走在天路上，一抬脚便可在蓝天遨游。一股豪迈之情油然而生，我们引吭高歌，呼喊走远的同伴，以为自己是凯旋的将军。当我们再次进入密林时，真正意义的下坡开始了，坡陡林密，山路险阻，我们不得不手脚并用，紧紧抓住身边所能依附的树枝、藤蔓、石块，小心翼翼地挪下山，不时有人摔跤，我哈哈笑着，暗自庆幸自己身轻如燕，一不留神，也摔了个大屁墩，很是狼狈。

徐主席和水身体状况不佳，长时间的跋涉让她俩疲惫不堪。"要不我们哭一场再走吧！"她俩这样自嘲着哈哈大笑，却真的笑出了眼泪。抹掉泪水，还得前行，我们互相搀扶，蹒跚而行。幸而，走过芊萝藤蔓丛生的古树林，走过密密匝匝的滑竹林，走过高大的阔叶林，我们走进了一片古茶园，这些生长千年的古茶树告诉我们，草甸就在不远处。

当那一大片草甸出现在面前时，我有恍若隔世之感，又恍若身处仙境，这不就是梦中遗落的香格里拉吗？一首《遗落的香格里拉》在心中诞生：

> 走过千山万壑
>
> 寻遍沧海桑田
>
> 我终于找到了你
>
> 梦中遗落的香格里拉
>
> 你是上天撒落的一粒种子
>
> 轻轻一抛
>
> 你便在这海拔两千米的地方
>
> 生根　发芽
>
> 神树是你的佑神
>
> 牛羊是你的子民
>
> 而我们
>
> 这喧嚣的人群
>
> 只是惊扰你禅定的膜拜者
>
> 我狭小的梦境啊
>
> 盛不下你大美的圣境
>
> 濯一泓清涟
>
> 净手　净面　净心
>
> 祈佑你永保圣洁之身
>
> 遗世独立

慕小小

于这干坝子大山

一条小溪从草甸潺潺而过，王贵华老师说，它的名字叫作南本。溪水如此纯净，或许，南本也有着自己的故事吧。小溪那边，在草甸等候我们多时的另一路同伴的欢呼声把我拉回了现实，我们像野人一样拍着嘴巴发出怪声狂野地打着招呼，蹚过溪水，分离6个小时的我们兴奋地拉着手分享在这段时间里各自的遇见和收获。不容多说，已是下午4点，得尽快下山，天一黑，这座大山就不是我们所能掌控的了。

草草吃过野餐，4点半我们开始了最后的冲刺，走上回家的路。这一条全是石阶的路是对我真正的考验，阶梯是膝盖的最大敌人，我患疾的膝盖终于在此时崩盘，无法正常行走，唯有甩着腿慢慢前行。徐主席、蒋老师、水和我一样，各有不适，远远落后于大部队。这时的我们，酷似一支经历过重重枪林弹雨、血雨腥风的远行军，一根稻草就可以压垮我们。可我们不能倒，也不会倒，还有另一根稻草支撑着我们，那就是——回家。天色渐晚，暮色四合，行走在这寂静的山林里，回想一天的旅程，我忽然想到人生不就是如此：有起步时的艰涩，有渐入佳境的自如，有登临绝顶的喜悦，更需有步入低谷时的忍耐。走吧！走吧！拄着陪伴了我们一路的竹杖，我们默默忍受，默默行走。

到达山脚时，已经是晚六点半，梅艳的计步器显示，这一天我们走了3万多步。

8个多小时，3万多步。

仅从数据来看，这是一场异常艰辛的旅行。感谢生活给了我这样一次旅行，在几近身体极限的挑战中，在对意志力的不断考验中，有一股强大的力量支撑着我登上顶峰走完全程，这力量来自内心的自我超越，来自干坝子的神秘召唤，毋庸置疑，这也是一场有关心灵的旅行。

身在天地间，忽如远行客。行走中难免会迷失、会困顿，是这莽莽群山敞开它宽容的怀抱接纳我，指引我。心灵的重负在一步步的行走间慢慢卸下，当我能够在大山间引吭高歌时，我知道，那些曾经布满心灵的细小裂纹，被大自然奇迹般地抚平了。温室里长大的花朵啊，的确需要苦行僧似的修炼，在广袤而高远的土地上行走，方能正视自我，找回方向，笃定前行。

从干坝子大山归来后，我发现自己一度"失语"，我苍白的语言无法形容这座无量山余脉上历尽千万年风雨的大山的气魄，我单薄的歌声无法咏叹它远离尘世的超脱之美，然而，我的内心却是充盈的、欢脱的。我的赞美和崇敬早已在一步步的攀爬中低语，我满怀的深情早已在长达8小时的神交中与它心息相通。

慕小小

初谒曲水

今日立春，凌晨雷声隆隆，晨起朋友圈盛传江城遭遇冰雹，忽地想起江城，想起长居曲水的诗人岑珉及他所坐拥的那一片绿涛滚滚的橡胶林。幸而，这是个信息时代，在朋友圈里，岑珉发图说自己的橡胶林并无大碍。担忧放下了，关于曲水的思绪却难以停下，一路扬尘，奔涌而来。

初识曲水尚在校园，班上有众多同学来自江城，其中有一位男同学便是曲水人，他个子不高，不喜张扬，却有着一副好歌喉。因震惊于他浑厚的嗓音，继而对曲水这个地名有过胡乱的猜想：是否那里有着一条河，或是一条江？循山而来，循山而去，九曲回肠，绵长醇净，故名为"曲水"。曲水，滋养着那片土地，哺育着生活在那片土地上的人，也赐予了他们天籁般的歌喉。这样的念头，流光般一闪而过，其后就未再深究。

青葱年华转而逝去，真正见到曲水已经是十几年后的立春，我有幸受江城文联和曲水镇2016年中、老、越三国哈尼历年组委会的邀请，和景东两个作家一起参加在曲水举办的中国知名作家"听歌曲水，寻梦边地"采风活动。我们在蒙蒙细雨中一路奔波，在傍晚时分到达曲水时，我没看到一条名为"曲水"的河，也没看到一条名为"曲水"的江，却赶赴了一场弥久难忘的曲水流觞。

群山围绕间，一场盛大的聚会正在进行，中、老、越三国来宾在茅屋竹篱下共享哈尼团拢宴。哈尼历年节是中、老、越三国交界一带哈尼族的传统节日，这样的聚会据说已成功举办多次，成了三国哈尼人共同期待的盛会。享用过哈尼团拢宴，我们在暮色中逛着三国特产街，简朴的摊位上摆满了琳琅满目、稀有精美的商品，有

中国的竹筒自烤酒、香八角、干巴笋，有越南的拖鞋、帐篷、铁木
砧板，有老挝的黑啤酒、生态香米和藤条制品……我拿起这个放下
那个，一时难于取舍该买些什么，不知不觉，大型歌舞诗《曲水之
约》（迎宾文艺晚会）已经开始了。

　　这是一台曲水人说曲水、曲水人唱曲水、曲水人跳曲水，原汁
原味的曲水大型视听盛宴。在晚会上，主持人说起了纯正的哈尼语，
哈尼小伙跳起了热情奔放的原生态舞蹈，哈尼阿妈吟唱着从时光深
处带来的古老歌谣，一个个形象鲜明的曲水意象，充满诚意地展现
着曲水神秘奇丽的边地文化。整台晚会完全契合了这次活动的主题
"三国民族友谊之花盛开十层大山，哈尼文化认同之根深扎曲水大
地"，满足且愉悦了我们这一群带着期待而来的文人，震撼了在场的
每一位来宾、每一位观众。晚会进入尾声时，天空烟花绽放，台上
的演员和来宾们拉起手来跳起了"阿迷车"，那一刻，我想起岑珉的
那一首题为《曲水，会唱歌的水》的诗：

　　　　曲水，会唱歌的水
　　　　一声声的"阿——阿迷车"
　　　　迷醉着多少寻爱的人
　　　　生活变得美梦般难以置信
　　　　一声声的"叠——叠过系"
　　　　照亮着多少恋家的人
　　　　曲水，会唱歌的水
　　　　你有要多少就有多少的水
　　　　有多少爱就有多少歌的水
　　　　我有多少向往
　　　　你就有多少可以鱼跃的时空
　　　　我有多少渴望
　　　　你就有多少可以畅饮的激情
　　　　……

慕小小

· 71 ·

曲水本土的哈尼歌唱组合三丫兄弟把这首诗改编成了歌曲在晚会上演唱，我也忍不住撷取其中的精彩诗句，以表达我对这台乡镇级别州市水平晚会的敬意。是的，唯有与这片土地心息相通的人，唯有对这片土地饱含深情的人，方能写出这样直击心扉的诗句，方能唱出这样让人怦然心动的歌。

独特的地理位置，注定曲水不会是个平凡的地方，它位于中、老、越三国交界处。74千米的国境线从最高海拔达1875米的十层大山，一直绵延至海拔317米的最低点土卡河。这样一块拥有多种文化元素的神奇土地给了人们无尽的艺术灵感。你看，那黛黛青山的剪影摹写的就是一首雄壮的诗，寨边担水女子的婀娜身姿就是一幅画，流经三国的李仙江啊，就是那一首三国人民共同唱响的歌。一个个饱含艺术灵性的细胞，流淌在空气里，行走在山林间，穿梭在人群中。这样浑然天成的环境，把曲水浸染成艺术家的乐园，有在京城走出一片天地的哈尼画家，有深受本土群众喜爱的歌唱组合三丫兄弟，还有一台晚会三代人齐上阵的陈德荣老师一家，更有那如岑珉般从橡胶林里走出来的一位位本土作家，用诗意的语言诉说着对这片土地的热爱。

曲水没有一条河叫"曲水河"，却有一条河叫"土卡河"。土卡河是一条河，也是一个小渔村的名字。居住在这里的居民多为傣族，以种植橡胶和打鱼为生，当地人称为"白傣"。寨子里的老人说祖辈是从越南溯江而上，留在了土卡河和坝溜两个寨子繁衍生息。

这里的傣家生活是诗意的，乘着自家的猪槽船溯江而上或是顺流而下，撒下渔网，打捞希望，收获或多或少，心境却永远是平和的。在我们眼里稀奇的蛇鱼、豹子鱼、面瓜鱼、长胡子鱼、棍子鱼等，在他们眼里不过像去自家菜地里摘回的小菜一般平常。当得知这里已经有着越来越多的游客慕名而来时，我不免有些担心，担心纷纷扰扰的来客会扰乱这一个内陆小渔村的与世无争和清幽纯净。唯有希望他们喜欢的是这里的宁静与天然，而不仅仅是抱着猎奇的心态喧嚣而来，只留下土卡河的一声叹息。

土卡河三面临水，生活在这里的傣族居民是天生的美食家，李仙江里的鱼、土卡河畔的野菜、大树枝头的鲜花等都是大自然赐予了他们最好的食材。晨起，进入江中，走下河畔，爬上枝头，将这些尚且带着生命气息的食材一一带回，用心洗切煎煮拌，烹调出锅，装盘上桌，再添上自家秘制的蘸料，一桌色香味俱全的珍馐美味便已完美呈现。我们也有幸到傣家享用美餐，我不是美食家，却也是个略有些挑剔的食客，在外吃饭如菜不合口，宁愿吃白开水泡饭将就，可那天的一锅汤汁浓白、肉质鲜嫩的清煮江鱼和那一盘素炒大树花却让我至今齿颊留香，回味无穷。

曲水没有一条名为"曲水"的江，却有一条在上游叫"把边江"，在这里叫"李仙江"，流入越南又被称为"黑河"的江。从土卡河上船顺李仙江慢慢漂流，颇有王羲之笔下"有崇山峻岭，茂林修竹；又有清流激湍，映带左右"的自然雅致。江风清冽，江水如蓝，岸边怪石嶙峋，洞穴众多，热带植物藤蔓缠绕，静默两岸。林子里有一种树木高达30多米，树干洁白，树冠高擎如伞，结出的果实形如花生，味道也与花生相近，名为"大树花生"，是当地有名的特产。丛林深处，栖息着麂子、大象等珍稀动物，运气好的话，还能看到三五成群的猕猴到江边嬉戏玩耍。自然，我们未能睹其真容，唯有在当地人的描述中具而化之。

顺江沿着土卡河往下8公里处，船家停住了，他说再走便是越南地界，不可逾越。我们攀到岸边的巨石上，举目远眺，发现左侧有一条浑红的支流汇入翡翠的李仙江，江水一半浑红一半青蓝，边境线上的这一奇观是在昭示两国边界的交汇，还是有着别的神秘意味，我不得而知，只在心中也泛出些诗意，想要说给清冽的江风听，想要说给落在衣襟的雨滴听，想要说给脚下的流水听：

乘一艘最后的木舟

循着那绿色的光

慕小小

流淌

流淌

我那初醒的梦啊

一半留在李仙江

一半奔向黑水河

我承认

我是多情的

那么轻易就爱上

一颗石

一艘船

一江水

甚至那归时的雨

　　因为一条连通两国的李仙江，中越边民有许多都是血脉相连的亲戚。在江边的界碑旁，我们遇到了一位提着一袋细小白鱼的中年男子，我们热情地和他打招呼，他却一言不发，只顾低头赶路，正纳闷着，又遇到一位精瘦的老人，老人倒也不拘谨，很自然地和我们聊起家常。与老人的交谈中得知他们都是越南人，来嫁到土卡河的女儿家走亲戚，现在要返回越南。相同的语言、相近的面貌，仅看外表，并不足以区分谁是中国人谁是越南人。又或许，一块块界碑分开的只是国籍，生活在漫长边境线上的人们，总有着难以割舍的血脉情缘。

　　走过了曲水的最低点土卡河，自然该登上那最高点十层大山。层层叠叠如螺旋般旋转而上的十层大山，不仅有着标志着中、老、越三国国界交汇点的零号界碑，更是曲水人"曲径通幽、滴水穿石"精神的化身。登上十层大山，到达界碑，方可亲身体验"一脚踏三国、一眼望三国"的奇观，也才能更深层次地了解大山脚下曲水人的内心渴望。然而，天公不作美，连续几天的降雨导致通往十层大山的道路泥泞湿滑，本就狭窄如肠的山路更是艰难险阻，一般的车子并不能通行，出于安全考虑，登十层大山的行程被搁置了。离开曲水时，这未了的心愿成了我的一个遗憾，我想，我定会再到曲水，即便只是为了登上十层大山。

杨　早

　　杨早，1966 年生，云南省普洱市景东县人，新闻专业专科学历。当过兵，种过田，当过民工，经过商，做过汽车修理工，下过岗。后为生计一直在机械施工领域打拼。在此期间，不放弃摄影、写作的爱好和追求，在《银生文化》《佤山》《三江文艺》《澜沧江》《普洱日报》《云南广播电视报》《普洱政协》《太阳河》《云南自考报》等刊物上发表过多篇作品。

工棚里写春秋

2006年的一天，我随工地搬到了一个离普洱市区不是很远的山林里，住了十多年工棚的我决定到普洱市区租一套住房。主意一定，立即行动。我找好房子，交了一年的房租，并买来了床铺、电视。

下班后，我和工人们一起住进这套出租屋，冲上一个热水澡，打开电视，白天的疲劳一扫而光，有时还到民族街逛一逛夜市场，吃上几串烧烤，这一切让我们尽情享受着劳动后的轻松和快乐。

可好景不长，由于我们施工的工具多，车子也常带一些灰尘回来，尽管我们特别注意这些问题，每天回来时都轻脚轻手，但我们浓浓的汗味还是激怒了房东。

后来在房东无声的抗议中，在中秋到来之际，为了不打扰房东的团圆，我们离开了出租房，回到了工棚。我知道，我无缘于城市的灯火，无缘于城市的喧嚣。在那个夜晚，皎洁的月光洒在我们用花塑料布搭建起来的工棚上，五彩斑斓。一股秋风带着丝丝凉意吹到我身上，月亮很圆，这是个亲人团聚的日子，在异乡寂静的山林中，我承受着"每逢佳节倍思亲"的折磨，也勾起我多少的记忆。

17年前，我从部队退伍回来，得知某单位在招收农民工，我报了名，也被录用了，是到楚雄绿丰县修"安楚"二级公路。我坐上远去的客车经过两天的颠簸到了工地，带着行李走进用石棉瓦搭建起来的工棚里。工棚里又闷又热，只见工友们的蚊帐上布满了厚厚的黄灰。为了生计，我把心一狠，决定坚持做下去，就是从这份工作开始了我人生漫长的17年工地生涯。在这17年里，我实在记不起到过多少工地，住过多少工棚，在工棚里洒了多少汗水。不管到哪里，我都把工棚当作自己的家，白天在工地里工作，夜里在工棚里学习、写作。记得有一次，我到了工地后，结合工地的感受，用我稚嫩的笔写了一篇题为《拓路者之歌》的小散文投给了县广播电台，没想到散文竟然播出了。这激发了我在工地工作的信心和写作的热情，从此写作成了我工地生活的重要一部分。"白天，我们头顶烈日，夜里，我们仰望夜空，哼着'十五的月亮十六圆'，唱着'我想有个家'……我们是候鸟，注定经常搬迁。我们铺垫了平坦，创造了繁华，然而我们却属于崎岖与荒凉。我们远离亲人，到异地他乡。作为丈夫，留给妻子的是无限的思念；作为儿子，留给父母的是牵肠挂肚的想念……"我把诗念给工友们听，我把情洒进工棚里。在工地生活期间我还参加了全国高等教育自学考试，每到一个工地我都要带上自考书籍，白天承受超强度的体力劳动，夜里，在工棚里的灯光下，在蚊虫袭击中，挑灯夜战，追寻着自己的大学梦想。

我爱工地，工地是我生活的源泉；我爱工棚，工棚给了我生存的空间。岁月悠悠情也悠悠。在四处漂泊的工地里，工棚一次又一次为我遮风当雨。它虽然很简陋，但我可以在这样的屋里对酒当歌，抒发情感，可以与弟兄们猜拳畅饮。我爱工棚，因为它和我有不解情缘，它伴我走过 17 年的人生路。我在工地里搅拌过砂浆，抬过石头，支砌过挡墙，也做过工程机械修理工，带过一批批徒弟，那时我就在工棚里给徒弟们讲机械修理理论。

离开了城市的出租房，回到我的工棚里，虽然城市霓虹灯不再属于我，但我拥有自由天空。

（2008 年发表于《景东消息》，有改动）

杨早

亲情散文三篇

母亲

三十年前，一封"母亲病危"的电报飞进了我驻守的军营。我没有丝毫犹豫，我必须回去，我不能没有母亲，因为我的父亲已经在几个月前去世了。于是，我踏上南下的列车，经过四天的颠簸，回到了县城。

我冲进县医院，找遍了所有的病房，却没有见到母亲。在医院的门口遇到一位熟人，他告诉我，我的母亲在家里。当我赶回家时才知道，其实母亲在三天前就离我而去了。

我想砸天，我想捶地，因为我肝肠寸断。

在对母亲无尽痛苦的思念中，与母亲最后离别的一幕浮上了脑海……

穿上绿军装的那一天，母亲到县武装部送我。她一刻不停地注视着我，一会儿给我拉拉衣服，一会又给我理理领子。她还把我领到食馆里，用1角6分钱、4两粮票买了两碗米线。她没有动筷，只是呆呆地看着我吃，还不停地从另一个碗里给我添上，她的泪水在不停地流。

第二天，我们的车队缓缓驶出县城，眼含泪水的母亲渐渐消失在了送别的人群里。不想，我们母子这一别竟成了永别。

从我记事开始，母亲就是一个体弱多病的人。我7岁的那一年，她的病一天天加重。那是在我一年级寒假里，听说邻村来了一位医生，医术很高，我陪着母亲住进了那家卫生所。白天，我常常帮母亲排队拿药、熬药、做饭。记得卫生所后门外有棵大青树，树下有口井，到井里取水还要下一个坡。每天早上，母亲都要把我送到这个坡头，看着我把水一瓢一瓢地打进桶里，抬上坡头，她才放心地和我一起回病房。虽说是病房，并没有其他人住，房子很大，没有床，我和母亲打了张地铺。有天夜里，她摸着我的小手，泪水一滴一滴地滴在我的脸上，把我从梦中惊醒了。我侧过身子，用手轻轻擦去她脸上的泪珠，她更加伤心了。我知道母亲是在自责，她不忍心让我小小年龄就承担起如此的重担。

在我的记忆里，母亲是一个善良、俭朴的人。我幼年生活的大部分时间，都在跟随她到处寻医问药。我知道她很爱我，我也离不开她。母亲常说，她是为了我，不想让我过早失去母爱，不然她早就不愿承受这样的病痛了。后来，经过几年的医治，她的病慢慢好转了起来。

到部队的第一个月，我把10元津贴夹进信里，寄给了母亲。在清理母亲的遗物时，我发现，那10元钱，她仍然留着。

这就是我的母亲，我竟没能见上她最后一面就离我而去了。

嫂子

儿子考上了大学，在我们整理儿子的行装时，又一次看到嫂子留给全家每人一双的毛线鞋，再次勾起了我们对嫂子的怀念。

多年前，嫂子得了癌症。后来癌细胞转移到大脑，几次手术、多次化疗把嫂子折磨得骨瘦如柴。

省医院的医生说把她领回家吧，嫂子的病不可能医治得好。这下可急坏了亲朋好友，还有她的同事及村子里的人。大家纷纷来看望嫂子，因为嫂子历来对人很好，有广泛的人缘。

哥和嫂子是恢复高考制度后的一二届师范生，都是教师。30年前嫂子嫁入我们家，那时我正在读高中，因为我的父母年老体迈，

杨早

哥又在大学进修，那时的嫂子从我父母手里接过了供我读高中的重担，使我顺利地读完高中，又让我走入部队。

没过几年，家里就发生了些变故。父母因年老而相继去世，我那时又在部队服役。由于家里缺乏劳动力，家里面的承包田成了最大的难题。俗话说："长兄为父，长嫂为母。"那时的哥嫂再一次担起了家庭的重任，一边教书，一边为我们这个贫困的农村家庭撑起了一片天空，家里的大物小事都由嫂子来张罗。

嫂子出生于一个普通教师家庭。她的相貌平平，但道德品质很好，在村里村外都被传为佳话。嫂子是景东一所山区的中学教师，这所中学的教学质量在县里小有名气，这里自然就成了我们村邻右舍小孩求学的好去处。听说，每到开学和放假时，她都要在学校里做上两三桌饭菜，让我们村里村外去读书的小孩饱餐一顿。

在我的记忆里，嫂子是一个很坚强的人。记得嫂子第一次从手术室出来，痛得直冒冷汗，衣服都打湿了，嫂子却没有吭一声。大姐、二姐和我的爱人用毛巾擦去嫂子额头的汗珠，告诉她，实在疼了就喊出来吧，别强忍着啊！

经过几次手术后，嫂子又被接回了家里，那时她完全知道这意味着什么了。嫂子也坦然地接受了命运的安排，她反过来安慰亲人说，该医的都医了，医不好没办法！生病的那段时间里，那么多的同事、亲戚、朋友及村子里的人都来看望她，关心她，人情欠得太多了，她无法再还这些人情了。多好的嫂子！其实嫂子啊，还有什么人情要还呀？这些都是对你曾经付出过的真情回报啊！

嫂子的病在一天天加重，她的体重从50公斤、40公斤一直下降到30公斤，她的体重已经到了极限，癌细胞早就转移到骨头里。嫂子因疼痛彻夜难眠，当时已经起不了床了，但嫂子还是叫家人帮她买来了许多毛线和一大箱大小不一的鞋底。她时而跪着，时而趴着，时而又靠着，用她那细弱的手为兄弟姐妹、侄儿侄女编织着毛线鞋子。嫂子说，她勾毛线鞋子可以分散精力，减少疼痛。其实嫂子是在编织一种亲情，一种寄托，一种对后人的祝福，又或许是想为我们这个家再留下一点什么……

嫂子太善良了，我们时常为嫂子的病流泪不止。

那天，我带着老婆儿子又回去看望嫂子，只见她已经全身无力，无法把那一双双编织好的毛线鞋子递给我们了。嫂子用微弱的声音对我说："鞋子装在塑料袋里，你家三个人一人一双。"我和爱人、儿子一起打开了塑料袋，当着嫂子的面穿上鞋子，嫂子看着一双双合脚的鞋子，露出了一丝笑容……

那时我们的心里是多么的难过啊！我强忍住心里的酸痛一遍遍地对自己说："嫂子，你放心吧！我们会穿着你做的鞋子踏踏实实地做人，踏踏实实地去走自己的人生路！"

在那年八月里的一天，嫂子在我爱人的怀里离开了人世。我们全家一直还保存着嫂子为我们编织的毛线鞋，怀念着家里有嫂子的日子。

岳父

岳父去世很多年了，可我仍怀念着他。

岳父患的是癌症，在一家省级医院做了切除手术。作为女婿的我理所应当挑起服侍岳父的重任。岳父和我们相处得很好，情感很深，他就像我的父亲一样，慈祥，善良。

那天，岳父的手术从早上8点半一直做到下午4点，当他被推出手术室时，身上横七竖八的四个大刀口，深深地刺痛了我的心。

那个夜晚，我和我的舅爷一同守护岳父。夜越来越深，岳父身上的麻醉药也渐渐失效，他那疼痛的样子让我心碎。记得我坐在岳父病床边，他的手紧紧握住我的手，不让我离开，呻吟声一下比一下急促，那时我无法为岳父分担丁点的痛苦，看着他极其痛苦的表情，我的泪水唰唰地流了下来。就在这时，岳父停止了呻吟，慢慢

杨早

地移动他的手拿起我的手为我擦去脸上的泪珠。

手术后一年，岳父的病复发了。在岳父生病那段日子里，我发现他的眼睛始终没有正视过我，总是在偷偷地看我，时而还会流出几滴泪水，那时我从岳父眼里看到了他对生命的那份渴望。

为了延续岳父的生命，我和我的小舅子带着岳父踏上求医道路。然而岳父已经是皮包骨头了，无法行走，我俩轮换着背岳父进出于省城的许多家大医院，结果都无力回天。岳父憨厚朴实，不会用语言表达情感，但我每次给他擦身子或背起他的时候，他的眼泪总会一滴一滴流在我的身上，也许这就是他最好的感情流露。

就在我们带着岳父从省城返回家乡的第二天，他离开了人世。

岳父走后，我们很怀念他，怀念那曾经充满欢声笑语、充满和谐与幸福的家庭。我知道岳父很信任我，也很爱我，他常常说，他找了一个女婿等于多了一个儿子。我也认为，我有了一个岳父犹如多了一个父亲。

岳父家住农村，门前有一条宽阔的叫"川河"的河流过。记得岳父在世的时候，过不了多久，他就要打过电话叫我们回去住上几天。那时我们还没有车，每次回去时他都要到河边迎接我们，牵我们过河。回到家，岳父总要忙里忙外，杀鸡宰鸭招待我们，有时岳父还要叫我和他到河里拿鱼摸虾，或者叫我们陪他打上一两场家庭麻将，那时的家总是充满着无比快乐的气氛。

每当我们回去享受家庭的团圆与幸福，临走时，岳父都要带上岳母包好的大包小包东西，帮我们背起小孩，一手牵着我的爱人，一手拉着我，走过那条冰凉的大河。每一次，他都是看我们一家坐上了车，注视着我们远去的背影，他才会独自返回……

这就是我的岳父——永远值得我们怀念的父亲。

（2016 年发表于《太阳河》，有改动）

在佤山的日子里

2010 年的一天，一位从广西来的老板，把我的一台挖掘机和一台推土机租到了普洱西盟佤族自治县勐卡镇，用来搞国土整治工程项目。几个月后，工程结束了，那位老板离开了西盟，我和我的机械却留在了西盟佤山。

佤山风光如画，美丽醉人。淳朴的民风民俗及其原始而神秘的佤山文化让人陶醉与神往。佤山寨子里的水酒，回味无穷。佤山寨子逢年过节、讨亲嫁女、建房入宅，都是木鼓震天，歌如潮，舞妖娆，让人流连忘返。

在佤山四年的日子里，我几乎走遍了西盟的每个角落，结识了许多佤族朋友，领略了不少佤山风光和民族风情，也激起了我许多情思和梦想。

马散情缘

我和马散相遇或许就是一种缘分。马散人都喜欢请我的挖掘机做活，因为我们挖掘技术比较好，做事比较细致认真，人又活泼开朗，很喜欢学唱佤族歌曲、跳佤族舞。我还有一个很大的特点就是头秃顶，许多人当面叫我"强哥"，背着我戏称"光头强"。

马散是西盟勐卡镇一个行政村，分为大马散和小马散，是佤族聚居的一个大寨子，海拔约 1600 米，属于亚热带气候。有资料显示：过去的大马散是佤族部落的中心，至少有700 年历史，从这里繁衍出来的佤族寨子有45 个，并且深受大马散传统文化影响，所以马散佤族历史文化源远流长。而现在的马散寨村，有 11 个组，人口约

杨早

1500。马散与缅甸山水相连,还具有得天独厚的自然环境优势。站在马散,异国风光可以尽收眼底。几片绿色茶园和一个正在开发的近600亩的乌龙生态茶园,加上佤族特色建筑,整合出一道佤山风景线。驾车顺着大黑山中缅通道驶去,只见马散春光美如画卷,被称为"天池"的两个水库镶嵌在绿海碧波般的丛林之中,让我浮想联翩,诗意盎然!马散美,马散"醉"美……

去年春节,大年初三那天,我从景东赶回到佤山马散。进入马散,天已经黑了。操场上灯火通明,木鼓声、锣声、歌声在马散夜空回荡,婀娜的舞姿让人如痴如醉。那时的马散沉浸在一个欢乐祥和的氛围之中。我悄悄放下行囊,加入了歌舞队伍,突然一杯水酒"啊"(佤语,是敬酒的意思)到我的面前,我喝下了水酒,甘甜爽口的水酒流入了我的心田,我高声唱起《勐处江山木落》:"——来里打,哎——呀K特——哎——江三木落——"歌声似乎把整个舞会带入了高潮。虽然,我的佤歌唱得生硬、勉强,并不标准,但所有佤族朋友对我这个远方来的客人极为尊重和包容,他们把我当成领唱者,并跟随我唱。此时,我抛下了所有忧虑和烦恼,无拘无束地放声歌唱、尽情狂欢:"——哎——江三木落——"我似乎融入了佤族歌舞世界,同时也触发了我深深的情感,我爱西盟,爱佤山,更爱马散……

我走出人群,拿起了相机记录下这美好的时刻。

次日,我把在马散拍摄的一些民族风情照片整理出来并配上文字上传到网上,想让佤山的马散向世界展示佤山神秘的风采。

去年六月,我突然接到成都一个战友的电话,他告诉我,在网上看到了我拍的佤山照片,觉得佤山很美,马散很快乐,他很向往这里,等他女儿高考一结束,就要来佤山旅游一趟。

高考刚结束,分别23年的战友真的带着他的家人来了。我首先带战友全家来到马散永娥,这里地势广袤,环境优雅,一些电视电影曾在这里取过景。那里的佤族人家我都熟悉,我曾用挖掘机帮他们做过活，我知那里的人朴实、善良、快乐。马散风景秀美，尤其是六月的傍晚，火红的晚霞把整个佤寨照射得五彩斑斓。早上则是云雾飘洒，风光迷人。

我们带着战友来到了马散永娥，走进了一户佤族人家，一位名叫岩响的佤族朋友接待了我们。那晚我们对酒当歌，佤族的"啊酒"，佤族的歌舞……这一切都让我们喝得尽兴、玩得开心。

战友回去后，每次给我来电话时都要提到马散这个地方，他一直在说："马散人朴实、善良、热情大方。马散人说话婉软，唱的佤族歌曲旋律悠扬，舞姿优美无比，马散是一个很好的旅游胜地呀！"

是啊！把马散开发成旅游胜地，多好的愿望呀！我也常这样想。记得我在马散的日子里，喜欢到佤族朋友家去坐坐。一杯水酒、一杯自烤酒下肚，感觉无比温暖，对马散的情感也油然而生。我拿出了笔记本电脑，把我曾经在临沧、沧源拍摄的一组照片《走进原始村落——沧源翁丁》拿出来给马散的朋友们分享。由于村落得到了重视和保护，它的原生态风光、多彩而神秘的民族风情文化吸引了海内外众多游客，旅游产业带动了沧源经济的发展。

在马散生活的那段日子，我知道马散的年轻人都喜欢外出打工。他们过年回家时，操着一口标准普通话，摩托车上播放着现代流行歌曲。原生态的佤族文化也许会慢慢被外面世界潜移默化，而本地民族文化意识也在渐渐远离我们，这是我的一个预感。

不过，我也相信马散在不久的将来会迎来一个旅游业发展的春天……

去马散买牛

我的一个佤族朋友叫岩爽，收入在当地算中上水平。2018年春节前十天，我得到他的邀请，参加他二儿子的婚礼。我高兴极了，并且答应他用我的皮卡车为他家办喜事帮忙。

杨

早

岩爽家住在募西线国防路边一个佤族寨子里,这里是交通要道。虽然这里的佤族人跟汉族人交往比较频繁,但佤族风俗习惯依然还很纯正。

　　在一个早晨,我接到岩爽的电话,他叫我用车子带他们到一个叫马散的地方去买牛,牛是用来办婚事用的。当时女方家也选派出一个名叫岩里的代表人参加,于是我们一起驾车出发了。

　　车子顺着国防路经过勐卡镇,钻进茂密的森林,然后到了马散的一块自留地,地里有一间佤家竹楼,晒台上站着一个佤族小伙子,他对我喊道:"强哥,快上来坐。""你家在这里吗?"我问道。"不是! 是我岳父家,他家在这里养牛。你把我忘记啦? 我叫岩导,你帮我家挖过鱼塘,改过田。""哦,我记起了。"

　　过了一会儿,岩导的岳父、岳母招呼我们吃了饭,"啊酒"后,我和岩爽一起去谈买牛生意。我们来到了牛圈,圈里关着 15 头丰腴的黄牛。岩爽从中挑了一头,讲好了价,把 5500 元拿给了岩导的岳父,此时,只听见岩爽和女方代表岩里用佤族语言交谈和争执了一番,然后又把 5500 元钱拿了回来。

　　岩爽对我说:"走! 到别家去看看,这圈里的黄牛女方家不喜欢。""为什么呢?"我疑惑不解地问道。岩爽用汉语给我解释:"岩里是女方选出来的代表,他在那边是德高望重的人,结婚事务都得他说了算,他不满意,婚礼就举行不了,'佤族礼'也做不了。"岩爽还告诉我,女方代表岩里要求选的牛必须要毛色完全一致,不能有半点杂花,看上去要油光水滑,并且身体较为健壮,头上有三撮毛的最好。岩爽选好的这头牛其他都好,遗憾的是牛的脚上有一小块白点花,并且还是母牛。岩爽说:"我们虽然都是佤族,但不同寨子之间风俗也有差异。有的寨子女方家要用母牛,有的要求要公牛,也有的不计较母牛公牛。如果男方不按照女方家的要求去做,女方家绝对不会接受这份礼。我也不知道其中的原因,这是佤族风俗习惯。"

我们三人只好又改到大黑山一家养牛户去买牛，几经波折，最后终于买了一头双方都比较满意的大黄牛。

此时，太阳已经落山了，我们也终于完成了婚礼筹备的一个程序。

佤族婚礼

岩爽的二儿子结婚日子定在腊月二十二。岩爽告诉我："你是特邀嘉宾，不给你发请帖，原因是想让你多玩几天，多拍些照片。"我不理解发请帖和不发请帖的区别，但这次参加他家二儿子的婚礼，让我有机会进一步了解佤族婚礼的一些民族风俗习惯。

这天，我带着相机来参加婚礼，走进家门，岩爽穿着民族服装迎接我们，此时只见四头大肥猪已经刮白了摆在院子里。我问岩爽："怎么要杀那么多猪呢？"岩爽说道："不算多了！要拿给女方家一部分，佤族风俗办喜事至少要办三天以上，明天还要到女方家杀两头猪，后天还要镖前天我们去大黑山买的那头大黄牛。"

院子里烧着一大塘火，上面烤着许多瘦肉，客人围着火塘坐下，吃着烤肉，"啊"着酒。岩爽招呼我坐下，并用右手端着一竹筒水酒，然后把酒往地上滴了一两滴，对着我说了一声"啊"！我把拇指和食指一起竖起，其余三个手指握起，手心朝我的方向，回了一声："啊！"岩爽看到我做这个动作比较熟练，高兴极了。他一口气喝完了一竹筒水酒后，又将倒得满满的一竹筒水酒递给了我，我喝了后，他又往别人"啊"酒去了。

我虽然会回应"啊"酒动作，也知道是对方敬酒的意思，但对还有一个动作的顺序疑惑不解。我问岩爽为什么每次在向对方"啊"酒前，都要从杯子里往地上滴一两滴酒。他向我解释，那是一种民族风俗习惯，以示对天、地、祖先及其逝去的人的尊重。如果先喝了酒才"啊"或者再往地上滴酒，是对对方的极不尊重，我听了后

杨早

想，可一定得记住了。

开饭时间到了，佤族稀饭抬上了桌，不用碗筷，而是用树叶做餐具。岩爽往树叶上舀了一勺稀饭递给了我，上面还放着些凉拌的瘦肉，香味扑鼻，吃起来"佤味"十足。

岩爽告诉我，佤族的婚礼宴席办得简单、朴素，但"佤族礼"不能少，对女方要求的礼节必须要做到。"佤族礼"就是定亲后，男方选个吉日，或者就在结婚那几天，在女方家操办宴席，款待女方的亲戚朋友，杀猪宰牛，所有酒水开支由男方负责，而且杀的猪、牛都有讲究，新郎要将不同部位的肉送给女方的长辈和亲戚带回家，如女婿送给老岳父的是猪脖圈肉。其实这就是"认亲"的一种方式。每个男人只要结婚都得做"佤族礼"，如果不做"佤族礼"，就永远欠着女方家这个"礼"，哪怕老了，也得补上。若实在没有能力补上，其儿子、孙子也得帮他完成。

天渐渐黑了下来，庭院里的篝火已经燃起，木鼓声、锣声敲响了，新婚歌舞晚会开始了。这时仍然不见岩爽的家人及新郎、新娘到场，后来我才发现，他们在楼上开家庭会议。征得岩爽的同意，我进入了会场。参会的有女方父母及亲戚代表，男方父亲及亲戚代表，还有组上领导。组长对我说："我们是以证明人的身份被邀请参加，会议商讨两家的家庭事务，并且新郎、新娘要当着大家的面进行表态。"我接着问道："刚才新郎、新娘表达的意思是什么?"组长说："大体意思就是他俩结婚后，要尊敬双方老人，爱护小孩，勤勤恳恳劳动，相互忠诚，不能背叛等。"我想这是一个婚姻契约，最重要的是商定违约后如何赔偿。

熊熊的篝火燃起，"江三木落"唱起，唱出了佤族人民的欢乐、幸福、祥和以及对新郎、新娘的深深祝福……

在这些日子里，佤山让我迷醉，让我欢乐，我爱佤山……

（2014年发表于《佤山》《太阳河》，有改动）

戴文会

    戴文会，女，云南省普洱市景东县人，普洱市、思茅区作家协会会员。从教17年，现在普洱监狱工作。2013年起利用业余时间开始学习写作，用文字记录生活中的点点滴滴，书写家乡情怀，为身边的人传递正能量。《探访千家寨茶树王》《多情的普洱山水》等三十余篇散文作品发表在县、市、省级及司法部创办的《幸福的黄色带》等刊物上。

多情的普洱山水

"有水的地方就有灵性。"普洱就是一个有山有水有灵性的地方。普洱的山水像一对多情的恋人，山恋着水，水恋着山，柔柔的水总是绕着青青的山，青青的山则含情脉脉地一直注视着向前流淌的水。

龙潭仙境

龙潭湖，一个因地下暗河从山脚涌出形成的约280亩大的天然湖泊而得名的地方。

走进普洱市思茅区龙潭湖，就走进了龙的美好传说中。据说很久以前，一个老农五更天起来放田里的水，朦胧曙光中看见大水塘旁边的大树上，有一条蛇形动物正往上爬。其实，这是一条龙准备在此升天。老农随口叫出来："天哪，蛇都会爬树！"龙一听生气了，一脚把山石踢了下来堵住了流淌的河流。随后山洪暴发，淹没了坝子里的农田村庄。后来一个道行深的道士作法，把龙镇在潭底，让它乖乖地在潭底吐水珠造福于人。从此，龙潭像一颗绿色的明珠嵌在了龙潭坝子上。

背靠大山，一棵缠着藤蔓的古树下，就是龙潭的源头。看，几十个泉眼冒着星星点点般清亮鲜活的水泡。绿绿的水草晃悠悠地浮在上面，红色的小花在水中绽放着，仿佛喜迎着春天的到来！在这里，鱼儿、虾儿自由自在地游着，不时跃出水面，让人想起鲤鱼跳龙门的故事……

在龙潭边的树荫里散步是一种美的享受。凉爽的风儿把龙潭里的湿气刮过来轻扑在脸上，温温润润的；白花飘落在林间，散发出淡淡的清香；鸟儿不停地在林中啁啾欢鸣，"布谷布谷""咕嘟嘟""喳喳喳喳"的声音不绝于耳，它们的声音高高低低，长长短短，或吟或唱，清脆如水音，胜似天籁。融入这人间仙境中的心是最快乐的，不是神仙胜似神仙。

南本——普洱唯一的傣族寨子

走出了龙潭，顺着澜沧江的方向，我们又进入了普洱唯一的傣族寨子——南本。"南本"傣族语指"冒泡的地方"。它静静地坐落在思澜路边的半山坡上，是一个有着一百多户、四百多口人，还保留着原始手工纺线织布工艺的傣族寨子。这里还是一股神水的源头。

寨口，一棵上百年的菩提树在风轻云淡中抽出嫩绿而肥厚的叶子，柔美得近乎妩媚。它以一种恬然淡定的风格娓娓阐释了生命和情感或深或浅的禅悟，如菩提般清澈、鲜亮、晶莹！一花一世界，一叶一菩提！它无声地顿悟着生命的周而复始，丈量着心灵与天堂的距离。

一条清幽幽的溪流淙淙地从村前穿过。几个傣族女人聚在溪边，不时把洗衣棒举得高高的，一边洗衣服，一边拉家常。其中一个告诉我，这股山泉水一年四季都是这么清澈干净，冬暖夏凉，是他们村的生命之水。

沿着溪边走，看着那么鲜活的水，我不由自主地哼起了"泉水叮咚，泉水叮咚响，跳下山岗，走过村庄"的歌来。正当我沉浸在对水的爱恋中的时候，突然听到孩子的欢叫声。一抬头，看见一群光着小身子的乡间小男孩，一个跟着一个，叫着笑着从大石头上向深潭跳去，一副天真无邪的样子。白色的浪花里充满了童年的快乐时光。

水声越来越响，来到一个拦河坝头，只见白花花的水冲下山，大部分流进小河里，小部分流进沟渠和农田里。

穿过一段浓荫树林就来到了出水口。傣族是一个爱水的民族，他们把这个水源保护得非常好！用石头砌了一个圆形的大井，泉水从四周的石缝里汩汩地流淌出来，简直就是一条地下河流。水清得可以照出人的影子。掬一口喝到嘴里，是那么的清甜凉爽。

一个傣族老波桃给我们讲起了关于神水的故事。在修思澜公路之前，这里常年冒着三股盆大的白色水柱，有一米多高。据说三股水柱就是三条龙，它们经常在潭里戏水吐珠。后来修了思澜公路，就把这三条龙压在了下面，水柱就变成了暗河，只好从石缝里流出来。

村子里跑满了小男孩，却不见小女孩。我心生好奇，忙问一个傣族大妈："这个村子里男孩多吗？"大妈回答说："百分之八九十的孩子都是男孩啊！"我想可能与喝这神水有很大的关系吧。

百川归海，正因为有龙潭、南本这样一条条清澈的活水汇集流进滚滚的澜沧江，才出现了越往下走，澜沧江的水面越宽阔、越壮丽的景象。

美丽的思茅港

欣赏过澜沧江两岸重峦叠嶂、峰谷连绵的座座青山及漫山遍野的野花和碧波荡漾的江水后，不知不觉，我们一行来到了连着宁洱、澜沧等四个县的美丽思茅港。

思茅港镇位于澜沧江东岸，因国家级一类对外开放口岸思茅港而得名，距思茅城87公里，处于澜沧江中下游与景洪市交界处，是澜沧江上最大的造船基地，是中国经澜沧江—湄公河进入东南亚中南半岛的第一个港口，是思茅地区面向东南亚的重要水路通道。

夕阳西下，几十艘打沙船和游船静静地停泊在港湾。晚风徐徐，江水银光闪闪，水鸟扑棱着飞过江面。倒映在清凌凌江水中青翠欲滴的扁担山和象鼻子山更加妩媚动人。

船开过来了。我们坐上船，身边的"百灵鸟"白凤莲深情地给我们唱起了歌曲《思茅港》来："轻风微微掀开你面纱，胶林悄悄换上绿衣裳。美丽的思茅港，宁静安详，你是我眼中最美的地方，布朗寨的鼓声敲响着喜悦，小卜少的长裙啊舞动着吉祥……"听着这优美动听的歌，游走在这风景如画的普洱茶的母亲河中，我真正感受到了"妙曼普洱，养生天堂"的浪漫和喜悦。

下了船，穿过香蕉林，进入树丛中。两块巨石矗立眼前，哪里来的石头？从天而降的，还是山上滚下来的？正当我对这两块石头充满好奇的时候，开船师傅给我们讲起了江对面的扁担山和象鼻子山的传说。

澜沧江对面傣族寨子里的一个小伙子与思茅港的一个女孩相爱了，他经常坐木筏过江找女孩幽会。可到夏天，江水暴涨，两人只好隔江相望，苦苦地相思。小伙子思念对岸恋人的迫切心情感动了神灵。一天夜里，神附在小伙子身上，指点他挑了两块上百吨重的大石头，且必须在天亮前挑到江边做桥墩，否则就永远搭不起桥。他挑着石头满头大汗地赶呀赶，一刻也不敢歇下来。可来到离江边两百米的地方，"嘭"的一声巨响，扁担突然断了。两块石头栽进土里岿然不动。小伙子又推又抱又拽，却难动巨石分毫。他又累又伤心，再也无力站起来。天亮后，村民发现了这两块从天而降的石头和已经死去的小伙子。不久，女孩得知消息后也跳江自尽了。过了一段时间，两块石头中间长出来一棵相思树，树越长越大，树上结满了红红的相思豆。据说，相思树是这对恋人的化身，是他们对爱情最长情的守候！

象鼻子山也有一个动人的传说。一个人被仇家追杀来到澜沧江边，他划着木筏逃离了虎口。这时，恰巧一头大象把鼻子伸进江里吸水，不料象鼻吸水声引来横祸，遭到前来追杀的人乱刀砍戳，象鼻子被砍成两截，两截鼻子随后变成澜沧江上两座半岛，相互缠绕，澜沧江曲折通过，形成了今天的天然太极阴阳鱼。多神奇的大自然啊！

　　"一山一世界，一水一故事。"行走在普洱这美丽多情的山水间，是一件多么幸福快乐的事。而且，在欣赏到美丽神奇的大自然风光的同时，也能深深感受到生活在普洱大山上与水边的人们坚强勇敢、淳朴善良、随遇而安的精神风貌。

探访千家寨茶树王

千家寨盘踞于哀牢山的何方？茶树王又高居何处？

我在景东生活了30多年，却没有真正亲临过哀牢山，没有去探访过镇沅的千家寨茶树王，实在是一种遗憾。

"出发吧！最好的地方就在你脚下！"10月23日，我泡上一杯热气腾腾的普洱古树茶，带着茶的体温，随文友们去镇沅千家寨膜拜普洱人为之骄傲的古茶树王。

我们从镇沅县城穿过明江大桥，向哀牢山东北九甲乡和平村境内哀牢山自然保护区驶去。转了一个又一个的弯，行驶了三个小时的山路，直到月亮高悬的时候，我们终于到达九甲山乡的一个小镇。

第二天早上8点，我们迎着初升的太阳，一边欣赏着者干河面上变幻莫测的清雾，一边领略着散落在半山腰上的山乡，直奔千家寨而去。

姐妹花瀑布——大吊水和小吊水

"看，那就是大吊水瀑布！"我们顺着马青老师指的正前方，远远看见一个好像从天上下凡来到人间的仙女，正穿着漂亮的白纱裙在悬崖上翩翩起舞呢！从没见过瀑布的我兴奋得像要去见多年未谋面的老朋友似的。

近了，近了，我们听到了轰隆隆的水声。身上越来越冷，一转弯，突然看见了一股白色的银链从山崖上喷涌而出，跌入深潭，变成清澈透明的泉水哗哗地奔下山谷。马青老师说这是小吊水瀑布。赞叹声、相机声、手机声响个不停，我张开双臂拥抱了这自然美景，

戴文会

任由飞溅过来的水珠泼洒在脸上，美美地做了一次天然补水面膜，感到温润、舒心。

文友喊起："跟上，更美的景色还在后头呢！"

我们依依不舍地告别了小吊水瀑布，刚走上栈道，又听见轰轰隆隆的巨大响声，犹如千军万马奔腾而来。马青老师告诉我们这是大吊水瀑布的声音。我们吃力地一步一步顺着陡峭的栈道往上攀登着，刚转过山角，就与大吊水瀑布撞了个满怀，雪喷雷鸣的景象立刻呈现在眼前：蓝天白云下，瀑布从80多米高的峡谷口喷泻而出，如决堤的天河。李白笔下的庐山瀑布是"飞流直下三千尺"，大吊水的瀑布就是"飞流直下两万尺"！与小吊水相比，大吊水的悬崖更高更陡峭，瀑布更加壮观。我勇敢地迎着她，闭上双眼，又一次享受这天然的美容浴。我无法用笔把她的美妙描绘出来，就让她住进我的心里，荡涤我的灵魂，像她一样做一个清白、干净、坚强、勇敢的人！

零距离膜拜——古茶树、古丛林

住在深山老林的茶祖一直在冥冥之中召唤着我们。清澈明快的嘟噜河蜿蜒于原始丛林中，河水时而潺潺，时而奔腾。走过彩虹桥，爬过石头山，地势逐渐平缓起来。我们进入了莽莽苍苍的原始大森林——亚热带湿性常绿阔叶林地带。古木参天，苍翠茂密，鸟语花香。每一棵历尽沧桑的树上都长满了绿色的苔藓、藤蔓和寄生兰花等附生物，就像俊男靓女们穿上了一件件浅绿色的风衣，让你分不清树的品种。阅读了树上挂着的一块块木牌，才知道千家寨除了生长着大小不一的古茶树外，还有木果柯、多花含笑、红花木莲等1486个珍贵植物品种。抬起头，一幅春夏的景色映入眼帘：绿荫叠翠，青藤蔓绕。该发芽的还是发着嫩嫩的芽，该开的花还是张扬地开着。低下头，才知道已经是浓浓的深秋了。地上落满了金黄色的叶子，白色的茶花点缀在上面是如此的充满诗情画意。行走在丛林中，听不到哗哗的风声，也听不见沙沙的松涛声，就连小鸟的叫声也成了窃窃私语，蝈蝈、蟋蟀的声音也是轻轻细细的。只想把心沉淀、过滤，享受这一刻古茶林的宁静与芳香，享受这秋的静美。

行走在古木和古茶林中，普洱"七子饼茶"那美丽动人的传说又在我耳边响起。

想象着长子哀牢山是如何背着竹篓，带上绳索，翻山越岭到高山峡谷中寻找并采摘野茶的情形时，不知不觉来到了哀牢山自然保护区入口——千家寨管理所。丛林中散落着几间古朴的木房子。据说这里是当年李文学起义军练兵的场所。

"世之奇伟、瑰怪、非常之观，常在于险远，而人之所罕至焉，故非有志者不能至也。"美景都是在人迹罕至的地方。闻着古茶树的清香，踩着松软的腐殖土，穿过密密层层的丛林，走过弯弯曲曲的嘟噜河上的一道道木桥和一片片金竹林，经过7公里多的艰难跋涉，我们终于看到了生长在丛林中高大、伟岸、挺拔的野生茶树王。一股敬仰之情在心中升腾着……

我虔诚地给茶树王鞠了三个躬，长久地仰望着他的面容。25.6米高的个子，胸径89厘米宽，通天入地，绿荫如盖，满含坚韧的力量。肥厚翠绿的叶片在阳光下焕发出强大的生命律动，他不愧是"世界茶王""野生古茶树活化石"啊！我一下子就明白了他长寿的原因：需求少，简单、坚强、顺应自然。他仅仅需要阳光雨露，需要自己落下的枯叶化作泥土的养分，需要和其他植物一起共生共长。

大山孕育了水，水滋养了山上的草木。从山上流下的水养育了山脚下的村庄，更滋养了大黑箐村的女人们，使她们有着苗条的身材和白里透红的脸蛋，使大黑菁村成了名副其实的美人村。哀牢山的沟沟坎坎、大弯小弯造就了家乡景东花山人、镇沅九甲人大山般的胸怀和坚忍不拔的品质。

千家寨之行，只为寻找它——一片古茶树林，一棵代表着普洱

戴文会

人的骄傲和光荣的野生古茶树。只为拜见 2700 余年的野生古茶树，却不知意外地收获了镇沅县的山乡、原始丛林、瀑布以及重环若隐若现的地上彩虹和镇沅的一切，让我痴迷沉醉，难以忘怀，真正体验到什么是人与自然和谐发展，相伴相生。把边江、无量山和哀牢山紧紧地把我的家乡景东和镇沅的山山水水连在了一起，让我感觉到了兄弟姐妹般血脉相连的温馨和快乐。

幽幽古道情

"赶马的小阿哥，阿妹来等着，阿哥你要快快来，妹妹把情话说咦哟喂！小妹呀等阿哥，心里一团火，望着阿哥快快来，见了多快活咦哟喂……"

从思茅区三家村腊梅坡出发，走上古木参天，浓荫蔽日，幽竹掩映，有着"中国乃至世界交通史上的活化石""一条流淌的茶马文化长河""一段可以触摸的历史"等美誉的茶马古道上，听着那抑扬顿挫的鸟鸣声演奏出触及灵魂的歌谣时，耳边突然传来优美的《普洱茶马古道情歌》。那深情的呼唤声随着这清晨的风在古道丛林中弥漫开来，隐约荡漾着悠长的马蹄鸣哨，似乎在向人们倾诉着斑鸠坡那凄美的爱情故事。

一条清澈的河流哗哗地从古驿站坡脚前流过。每次马帮来到这里，驮着普洱茶、食盐等沉重货物的骡马抬起头，注视着马滚坡那陡峭的山路，都会伤心地流下眼泪。所以这一条河又叫"马哭里河"。马帮们每一次来到这里都要停下来，给马洗洗澡，定定掌，喂足草料，洗洗汗淋淋的衣物，休整一两天再出发。

据说很久以前，坡脚王家马店有一对非常漂亮的孪生姐妹，老大叫阿依，老二叫阿果。19岁那一年，姐妹俩出落得如出水芙蓉一般，人称"坡脚两枝花"。老大阿依被那棵里荣发马店的儿子娶走了，阿果仍待字闺中。"一家有女百家求"，来说媒的富家子弟从普洱府来了一批又一批，村上的小伙子也踏破了阿果家的门槛，可没有一个让阿果中意的。

一天中午，一阵铃铛声响起，"踢踏踢踏"的马蹄声由远而近，一个从中原来的马帮住进了王家马店。马店老板热情招呼远道而来的客人。其中一个姓陈，在家中排行老三的小伙子，第一次随马帮出门，马帮里的人都叫他陈三。陈三二十出头，高高的个子，眉清目秀，精明能干。他勤脚快手地把马关进圈里，喂上草料后，到河里洗了一个澡，换上干净的衣服，走出马店，借着落日的余晖，来到相思桥上赏景散步。喜爱吹笛子的他，拿出带在身上的竹笛，迎着徐徐的晚风，面对着高山丛林，吹奏起《高山流水》的曲子来。优美的旋律时隐时现，犹见高山之巅，云雾缭绕，飘忽不定；如歌的旋律，"其韵扬扬悠悠，俨若行云流水"。听到清新优雅的笛声，树上的鸟儿都停止了歌唱，马儿也忘记了吃草料，抬起头静静地听着。采茶归来的阿果循着悠扬婉转的笛声来到相思桥上，一看见陈三，怦然心动，脸上突然泛起了两片桃花，他就是自己苦苦寻觅的人啊，真是"高山流水遇知音"。陈三吹完一曲，睁开眼睛的一瞬间看见了貌若天仙的阿果，还以为是天仙下凡呢！顿时脸上春光满面，他痴痴地盯着阿果看，弄得阿果害羞地低下了头。两个年轻人一见钟情，双双坠入爱河。

农历六月二十四是彝族人的火把节。在马店老板的再三邀请下，马帮留下来过节。彝族男人裹着青布包头，身穿羊皮褂子，女的穿着色彩鲜艳的彝家服饰，围着一堆熊熊的篝火，有的弹着三弦，有的吹着芦笙，有的敲着羊皮鼓，唱着"阿叔者呢瞧哎，徐叔者呢哟喂"的彝族山歌。村子里的未婚小伙子们，手持小三弦边弹边跳边对山歌，和姑娘"说话"，倾吐爱慕之情。"小哥跳烂千层底，小妹跳烂绣花鞋。""想你不得跟你去，爱你不得跟你做一家……"马帮汉子们也被这快乐的气氛感染了，纷纷加入唱歌跳舞的行列。阿果避开彝族小伙子热辣辣的情歌追求，羞涩地拉起陈三跳起来，可他不会跳，总是踩到阿果的脚，阿果给陈三使了个眼色，他俩悄悄退出，走上了村外的相思桥。两人深情地久久对望，向对方倾吐了爱慕之情。

阿果告诉父亲自己喜欢上了马帮中的陈三，可父亲坚决不同意。

山遥路远，野兽出没，贼盗猖獗，险境丛生的环境让人生畏，阿果的父亲怎么会舍得把女儿嫁给没有任何保障的赶马人呢?!阿果向父亲表示非陈三不嫁。没办法，老王只好找陈三问话，陈三恳求说："家里还有老母，您能不能把阿果嫁给我，我带她回中原。"老王一口回绝，只说要么他留下来，要么他俩分手。一边是心爱的人，一边是自己的亲人，陈三非常痛苦。"百善孝为先"，他最终选择回家安顿好母亲再来提亲。临上路的当晚，两人又走上相思桥互诉衷肠，紧紧相拥到深夜。陈三答应阿果一定会回来娶她的。阿果按照彝家人的风俗，避开父亲躲在闺房里，把自己亲手采摘晾晒好的茶叶装进布袋里，装上避邪的银器，做成一个精致的荷包赠送给了心上人，作为信物，表示永结同心，终身相伴。

　　第二天，两人难舍难分。陈三带上荷包，踏上了回家的征途。他一边流着眼泪，一边高高地举起马鞭向阿果告别。阿果则紧紧跟在后面，含着泪吟唱着"前面的那座山，你是什么山哟，前面的那条河，你是什么河哟，走过千山，蹚过万水，只是为了今生的团聚，千万不要挡着我的郎哟……"阿果送了一程又一程，直到看不见人影，马铃声从耳边消失后才恋恋不舍地回了家。谁料，这一别竟成了永诀。

　　阿果的父亲怕这段无结果的情缘拖累了女儿的一生，不久后，就把女儿许配给普洱府一户姓周的人家。姓周的小伙子在家丁的陪同下骑着高头大马前来相亲，一眼就看上了阿果。从坡脚回去不久，周家就派人送来彩礼，急着要把阿果娶回家。阿果呢，坚决不同意这门婚事，因为她的心里有人了。每个夜晚，阿果都一个人跑到相思桥上痴痴地想念自己的心上人。一拨又一拨的马帮来了又走，就是不见自己的阿哥回来。阿果茶饭不思，忧郁成疾。

　　其实她的阿哥还没有走出云南就遭遇了贼盗的打劫。一天傍晚，一群蒙脸大汉手持大刀，从山崖上跳下来挡住了他们的去路。机智勇敢的陈三挺身而出，把贼盗引开。他一边向山上跑去，一边向身后穷凶极恶的贼盗喊："银圆在我这儿！"贼盗信以为真，蜂拥而上。他把贼盗引向了山顶，为他的同伴们争取到了宝贵的逃生时间。在他的掩护下，马帮终于逃离了虎口。尽管他有防身的武功，终因寡不敌众，被贼盗按翻在地。搜遍他身上的每个衣角，贼盗只搜到两个银圆和一个绣荷包。陈三紧紧抓住荷包不放，气急败坏的贼盗们乱刀砍向陈三，陈三顿时鲜血飞溅，染红了爱情信物，染红了大地。风呼啸，树呜咽，青山泪尽声声叹。陈三的魂永远留在了古道上。

与周家的婚期越来越近，阿果终于病倒了，茶饭不思，嘴里一声声呼唤着远方心上人的名字。一年一度的火把节又到了，茶马古道边火红火红的火把花开了，这一天电闪雷鸣，狂风暴雨，树悲伤，水悲情，阿果也走了，去找她心爱的人去了。

失去女儿的父亲长叹一声倒地而死。乡亲们把阿果和她父亲抬到后山大竹林里埋下。阿果死后不久，她的坟墓周围长出了一棵棵亭亭玉立的青竹。四周的竹梢都是披头散发的样子，唯有阿果坟上的竹子向南方优雅地低垂着，就好像阿果拖着黝黑的长辫子站在那里，期盼着自己的恋人归来。一阵风吹来，竹林发出沙沙的响声，好像阿果姑娘思念自己心上人时一声声嘶哑的哭泣声。叶尖上挂着的晶莹露珠，那是阿果伤心的泪滴啊！

烟雨蒙蒙，在山间峡谷中弥漫，仿佛是母亲在抚摸着孩子的肌肤。古道那一头村口的老娘亲，翘首望着远方的马帮，等待儿子归来，和他背袋里面装着的希望。一天又一天的等待，她等白了头发，看花了眼睛，也未等来儿子的身影。老娘亲这一站，就站成了一棵望子树。

留在青石板路上的一个个马蹄印及苍翠古丛林中的一片片青竹林，好像在向我们讲述着一个又一个动人的故事，讲述着千年前的马帮们为了闯出一条生存之路和希望之路而妻离子散，骨肉分离，他们舍弃了爱情，舍弃了亲情，用自强不息的精神，靠着肩挑、手提、马驮，在"难于上青天"的蜀道上，开辟了一条闻名世界的茶马古道，为我们树立了不朽的丰碑。

在等待喇叭花盛开的日子里

两年前，从花工把你们——三角梅和喇叭花一起栽种在单位文化长廊下面的花池里那天起，我就牵挂着你们，一直盼着你们早一些时候爬上身边的架子。总想象着春天来临时，你们风情万种绽放的样子。

第一个春天来了，我想你们该开放了吧。每天我都要走到你们身旁特意看一眼，看你们是否伸藤，是否吐芽长叶，是否在哪个叶片下藏着一朵花儿。

你们好像不理解看花人的心情，总是慢悠悠的，似乎停止了生长，细细的藤蔓坠着细细的叶子，一副经不起风吹雨打的样子。等啊等，就是不见你们爬上架，更看不见一朵花蕾的影子。就像一个美人迟迟不肯露面，等得看花的人心痒痒的。而花池里的迎春花、杜鹃花等早就姹紫嫣红，尽情芳香。失望之余，涌起了一股淡淡的惆怅心绪。

可我们的花工总是对你们很耐心。每天上班之前的第一件事就是细心照管你们，要么给你们浇水，要么查看你们的藤是否掉下来。只见他拿着长棍，抬着头，小心翼翼地把你们的茎扶上铁丝架，扶上横木。

第二年春末，紫红色的三角梅终于在架子与横木之间美美艳艳地怒放了，吸引了不少人前来观看。我在欣赏的同时，惊喜地发现喇叭花也已经爬满了梯子，嫩嫩绿绿的叶子织成了绿色的墙壁。细看喇叭花的叶子，非常有特色，褐红色的茎生叶上长着两对对称的小叶，中间是一片稍大的叶子，三出复叶，小叶卵形，浅裂，并有重锯齿，等待之后，虽不见花开，总算给人绿色的希望了。

戴文会

经过几场雨的滋润，喇叭花中的先锋者已经爬上横木，爬到三角梅前面铺满了横木的一角。过了几天，我终于看见喇叭花争先恐后地鼓着圆圆的花苞，慢慢地，花苞就长成长长的尖塔形状，给长廊增添了无限的生机。我带着兴奋的心情，天天去关注着喇叭花。

某一天清晨，"忽如一夜春风来"，爬上架子、横木上的浅紫色喇叭花开了，就像一个个举着喇叭的号手，神采飞扬地为披着紫红色盖头，宛若等待出嫁的三角梅姑娘"嘀嗒嘀嗒"吹着喜庆的乐曲呢！你们清淡点染有之，铺张坦荡有之，孤标独许有之，成双成对有之，聚众蓬生也没人见外。

从此，我这个爱花人，每天都要到花架旁，仔细地端详喇叭花精致、薄如丝锦的花冠以及紫色筒里如绣花针般的白色花蕊。看着她们灿烂的笑容，闻着她们淡淡的清香，放松自己的心情。真想把自己的心事装进你们的筒里打包、存封！

工作之余，我就站在四楼办公室的窗前俯瞰喇叭花。横木上，大团大团的紫红色三角梅映衬下的你们——喇叭花，像一群群身着浅紫色衣裙的少女一样，在绿叶丛中更加楚楚动人。你们张开浅紫色的唇，吮吸着滴落下来的朝露，呼吸着清新的空气，生机勃勃地在温情的阳光下低眉浅笑，在微风中举着一把把小伞轻歌曼舞……这样美好的画面真让人芳心荡漾！

过了一个月，紫红色的三角梅凋谢了，喇叭花还在次第开放。先开的喇叭花关闭了喇叭筒，跌落在地上，终要化为泥。后打苞的还在继续张扬地开着，给监狱工作的警察们和来监狱探视的服刑人员的亲属们带来美好的心情和希望。

后来，花工们在横木上铺上了细细的绿色铁丝网。夏天的雨一阵接一阵地下着，滋养着，喇叭花依旧是一波接着一波开放着。

过了半个月，不经意间看见原本隔着五六米的花儿和叶连拢了，这群花姑娘们手牵着手在空中的横木上笑盈盈地盛放着，一阵风吹过，跳起了优美的集体舞蹈。这些紫色的喇叭花为我们美丽了一夏，清凉、芳香了一夏，又把我们带入了秋天时节，依旧前赴后继地开着。

花架正前方是监狱的中心监管区。一排排崭新漂亮的监房排列成一个弧形。教育中心大楼在阳光下格外显眼，那天是星期一，服刑人员有的在教室里学习文化知识，有的在学习修理技术，有的在学习普洱茶茶艺，有的在习艺楼里学习电子元件的劳动技能。他们都在警官的指导下为将来回归社会后做个自食其力的守法公民努力着。

不论是等待花开，还是等车、等人、等回复，或者等待一个结果，都是十分煎熬的。看着这生机盎然的喇叭花，看着花园式的监狱内正在改造的囚子们，我心中涌起了无限感叹。等待囚子们改造好走出监狱的过程比等待花开的过程更艰难。这些曾经失足的囚子们要改造好，需要时间和过程，需要经过甘为人梯的特殊园丁们在他们心灵上播下种子，给他们浇水、施肥，辛勤培育；需要教育、指引，需要社会的支持、理解；更需要亲情的感召，帮助他们树立起改造的信心，把刑期当作学期，慢慢洗涤尽自己心灵上的尘埃，不断矫正自己的恶习，走记功减刑道路才能回归社会。

花海迷人，欣欣向荣，囚子们正在努力，心灵之花将要绽放。

戴文会

青葱岁月

落口的余晖中，菩提树、河流以及在弯弯的石拱桥上发生的一段情缘，时常出现在我的梦中：有时，你站在桥的那头，我站在桥的这头，我们彼此深情地对望，并通过眼神告诉对方，一起上桥，在桥上相遇，一起看流水，一起经历风花雪月。当我带着激动的心情想走向你时，却看见桥那头的你走了几步，不知何故又转身了。有时，你我相约一定要见一面，哪怕牵一次手也行。走到桥中央，刚要牵手的那一刻，我却把伸出去的手缩回来了。你我总是若即若离，犹如牛郎和织女一样，只有远远地对望、思念的缘分吧。

在这缠绵、氤氲、烟雨朦胧的七月，我来到有"绿宝石"之称的边陲小城孟连寻找我的梦境。看着层峦叠嶂的群山，柔软似玉的南垒河，以及河岸上、村子里一棵棵古老、充满神性与灵性的菩提树在风中摇曳着时，我顿悟了，这不是一直萦绕在我梦中的场景吗？原来我心中的世界在这里，是这些永不改变的山水成就了我的梦。

谁来到这里，都会留下来。为孟连的绿色、芳香、美食，为孟连姑娘美丽的脸庞、柔软的身段、柔软的歌声、柔软的舞姿，为傣家人在柔软中透出来的温柔、善良和勤劳，为有着深厚的文化底蕴，具有600多年历史，融傣、汉建筑特色为一体的娜允古镇的古建筑群落，为那里"为人行善，善多我德，德多我仙"的"妙乡佛国"的传统习俗。只要踏入孟连这一块土地，谁都会爱上它的山，爱上它的水，爱上它的俊美。

行走在南垒河湿地公园的石子路上，听着打在伞布上滴答滴答的雨滴声和哗哗的流水声，迎着清凉的风，嗅着花的芳香，那遥远的思念在我心中翻腾着，有如这滔滔河水般荡起的层层涟漪。这让我想起了那淡淡的毕业季。心中埋藏多年，失去了才懂得珍贵的怀念之情在这一刻再现了。我终于明白，为什么你会一去不复返，选择在这风景如画的地方扎根、开花、结果，甚至终老。

28年前，正值青春年华的我们带着青涩，带着对外面世界的向往和好奇，第一次离开家，来到普洱求学。

在妙曼普洱，我们相遇了，同窗共读，像兄弟姐妹一样至尊、至纯、至善，一起学习，一起生活，嬉笑怒骂，率直任性；一起行走在普洱的大街小巷，饿了就去珠市街吃一碗五角钱的酸醋米线或炒米粉；周末一起在梅子湖畔的丛林中野炊、摘野果、捡锥榴。我们快乐着、向往着，但就是不敢往前走一步。农村人特有的矜持和羞涩，让我们默默地保持着一定的距离。那时的我们即便喜欢了也不敢向对方表白。

曾记得你总是带着兴奋和自豪的情怀，给我讲你们家乡大山的高大挺拔，以及漂浮在山间充满着动感之美的云海，以致我有一种深深的渴望。我也给你讲我们无量山的巍峨、秀丽，讲哀牢山原始森林中盛开在四月天的杜鹃花，讲川河两岸稻花飘香时节的美丽，以及那甜丝丝的甘蔗带给我们的甜蜜味道。

我们一起划去了五月，度过了六月以及匆忙的七月八月，然后迎来九月。一晃就是两年，即将毕业，你和几个同学相约要去边三县工作。我也心动了，告诉你我也去。不过最终因为年轻、恋家、胆小，我选择了回家工作、生活。在毕业前，我现在所在的单位来学校要人，我就填了表，忘记了我曾在你面前说过的话。

要毕业了，我们有些依依不舍，总是回忆着，珍惜着离校前的最后几天，互赠笔记本，留言，合影留念。照毕业照的时候，你笑眯眯地站在我身后；吃毕业饭的时候，你又和我坐在一桌。我们放开地喝酒，带着伤感说些祝福的话语。突然，你满脸通红，端起一杯白酒一饮而尽后哭了，像一个小婴儿般呜呜地哭起来了。同学们怜惜地劝你少喝点。你一边哭，一边望着我说："不是约好一起去孟连的吗？你骗我！”在同学们的哄笑声中，我的脸“唰”地红了，不知如何回答你的问话。你又要举杯喝酒，同学们只好把你送回宿舍了。我也逃回了宿舍。

第二天，我带着这份少女情和同学情回家了，最终把那份淡淡的情埋藏在心底。之后，我恋爱、忙工作，养育儿女，一别就是28年。也许这份情不够浓烈，也许这份情只是有缘无分，也许这份情表白得太迟。我曾痴痴地想：如果我真的选择和你一起来孟连，也许就是一家人了，此时在伞下陪我浪漫的人应该是你。

知道你生活在这座美如画的小城里，有一个幸福的家，娶了个美丽善良的傣家女孩，有一个可爱、学习好的儿子。十年前我曾去孟连找过你，却找不到你的联系电话。今天离你这么近，要不给你打个电话，看看你？我在风雨中犹豫着、思量着。犹豫过后我又选择了放弃。我告诉自己，人到中年，什么都应该看淡，不要打扰别人的幸福生活，不要惊醒心中的那一帘幽梦。孟连，孟连，只能是梦中相连，做一场清梦吧！来过，去了，你若安好，我便知足了。看着车窗外向后移动的孟连的山山水水，我的心渐渐平静下来。

感谢上苍在我最美的年华遇见过你。你是我青葱岁月中最纯美、最温暖的记忆。悠悠流年里，在我生命中出现过的人，不论是匆匆过客，还是长久的知音，都是我一生的回忆、一生的财富。再见了，孟连！

哈尼女人

　　在北回归线穿过的哀牢山上，生活着一群勤劳、美丽、善良的哈尼女人。她们在漫长的岁月中，挥锄舞镰同男人一道创造了满山满谷的美丽梯田，创造了多彩的生活。她们是哀牢山上真正的"太阳女神"。

　　才走进哈尼族寨子——"紫米之乡"墨江联珠镇克曼村村口，就被阵阵牛皮大鼓声和村民们的欢歌声所吸引。

　　来到一个宽阔的村委会场院，一群身着色彩斑斓、繁锦如花服装的哈尼女人闯入我的眼帘，她们是那么清新脱俗，简直就是一道亮丽的风景线。

　　在一棵通天入地、绿荫如盖、满含坚韧力量的榕树下，即哈尼人的神树前，摆着一排古老的牛皮大鼓。十五六个白皮肤、大眼睛、高鼻梁，有着高挑的身材，穿着漂亮的哈尼族服饰的女人，神采奕奕地站在牛皮大鼓的侧边，和另一头的哈尼汉子一起，踩着鼓点，举起高高的鼓棒，"咚咚"地敲起牛皮大鼓，跳起充满神话色彩的牛皮舞。她们的姿态是那么的优美，是那么的有力量，为我们营造了一个令人兴奋的、快乐喜庆的场景。

　　此时我才想起，我也算得上是半个哈尼人。因为奶奶也是景东无量山南线河一带的哈尼人，我身上流淌着哈尼人的血液。奶奶在我四岁的时候就离世了。妈妈说，我的奶奶是一个很能干的女人，在她30岁时，生下我父亲的第40天，爷爷就生病过世了，是她独自把五个儿女抚养成人。

　　见到这些哈尼女人，我仿佛见到了亲人，很亲切，问这问那，搂着她们一起合影留念。阿墨江发源于我们景东大街乡麦地村，说

戴文会

不定我们都是同饮一江水的哈尼后代呢!

据老村长罗世明介绍,村里的这些哈尼女人,大部分不是本村人,有的是从红河元阳县嫁过来的,有的是从栖马嫁过来的,她们都是非常能干的女人。

她们会讲哈尼语,也会讲汉语。尽管我听不懂她们的哈尼语,但听得出来她们的话语流畅明快,有韵律感。我被她们漂亮的头饰和服装深深地吸引住了,于是恳请一个非常漂亮的妹妹给我讲哈尼人的服饰,讲哈尼女人的故事。

头饰是哈尼族的重要标识。色彩、材料、图案、佩戴等方面都很讲究,有一套工序。通常是用一条黑色或者青涩的布条作为包头。为什么要用黑色呢?哈尼族有尚黑的习俗,在哈尼人中流传着这么一个民间故事:一天,一对母女上山采药,途中,一阵阴风刮起,突然从树丛中窜出一个杀气腾腾的魔鬼,母女俩吓得撒腿就跑。在逃跑时,蓝靛把她俩的衣服染黑了,鬼找不到她们,她们因此免除了灾难。所以哈尼人以为黑色有着巨大的驱邪威力,这表达了哈尼人驱邪求吉的美好愿望。

哈尼服装多数是以无领对襟衣、胸兜、短裙及腿套的组合为基本款型,用白、黄、绿等彩色丝线绣成方形、菱形、三角纹、格子纹等图案。整个袖子用红、白、黄、绿等彩色布条镶拼而成,袖口绣有回形纹。绑腿用彩色布条镶拼,并在色布之间绣上水波纹,用银链、银币、银泡作为胸饰和腰饰,走起路或者跳起舞来"铃铃"作响,很有风韵。在庄重的场合,如迎接贵宾的时候,就在外衣内加穿一件白色衬衣,白色隐约显现在外衣衣脚和袖口。

我一看这些哈尼姐妹们的装束就知道,她们给了我们这群客人最尊贵的礼数。

这些能扛起半边天的哈尼女人,既主内,又主外。她们具有大山般的刚强勇敢,具有阿墨江水般的柔情和灵性,她们勤劳能干。为了生活,做各种繁重的农活。和男人一起栽种紫谷、种茶,背着背篓上山采茶、砍柴等。在火塘边，繁衍着一代又一代的哈尼人。

她们是心灵手巧、做细活的能手。绣花织布、做彩衣，把自己的男人打扮得有模有样，也把自己打扮得漂漂亮亮。她们是能歌善舞、创造快乐的使者。她们会敲牛皮大鼓，会跳牛皮舞，跳三跺脚，还是唱歌高手。三四月，正是栽秧的季节，她们成群地在半山腰的梯田里，一边栽秧，一边以"萨拉衣"作为开头，吟唱古老的哈尼曲子，用情歌哺育男人。"寨子里的伙子们哟，赶快烧起火堆来，听我弹响弦子，唱一支祖祖辈辈传诵的歌……"她们用自己独有的方式，歌唱爱情，歌唱劳动，歌唱生活。曲调嘹亮舒展，旋律优美动人，宛如黄莺般动听悠扬，久久在哀牢山丛林中回响。

她们还是制作美食的高手。软软香香的紫米粑粑，带有淡淡清香的灰草粑粑，还有可口的米干、饵块、红米线等最具特色的美食，都出自她们辛勤而灵巧的双手。吃过她们做的口感好、营养价值极高的紫米鸡、鸡汤米线、长旺猪血米线等，你一定会上瘾的。"吃在墨江"，一点也不假。

哈尼女人是生长在哀牢山上一棵棵长青大树，能够为家人撑起一片蔚蓝的天空；她们是一束阳光，一缕春风，给寂寞的山寨带来温暖；她们是春天盛开在漫山遍野的一朵朵野花，把山寨装扮得更加美丽；她们更像林中啁啾欢叫的百灵鸟，给枯燥的山寨带来了生机。她们用智慧、忍耐和持久的劳作传承着古老的哈尼文化，为我们送来一个又一个丰厚而饱满的秋天，以及同秋天有关的幸福和美满。

戴文会

父爱是一轮温情的明月

我这一生注定与月亮、月光有太多的缘分。每当月渐圆的时候，我就会惆怅难过，思念之情溢满心间。对大多数人来说月圆象征着团聚、美好。对我来说月圆则是残缺、遗憾。"人有悲欢离合，月有阴晴圆缺，此事古难全。"

快到农历十五了，也快到清明节了，我在清朗的月色下深深怀念天堂里的父亲。

2003年腊月十五夜，月亮高高挂在天空的时候，才63岁的父亲因肝病复发，在亲人的哭喊声中，在清清白白的夜色中合上了双眼，永远地离开了他的亲人。父亲的棺木静静地安放在堂屋正中，我们不停地给父亲磕头、上香，给他倒酒。大伯说，父亲喜欢热闹开心，不希望我们悲悲戚戚的！

满满一院子的亲朋好友，特别是父亲曾帮助过的村民们全都来了，聊着父亲生前的好。我真希望父亲此时只是太劳累、太疲惫已经睡下，他只是睡得很沉而已。

"月圆之时，就是思念之时。"每当月圆的时候，我都要到月光下一个人静静地走走，去想念父亲。朦朦胧胧的夜色下，花草树木在微微的清风中婆娑摇曳。

我抬起头仔细地端详着圆月，此时的月光就像父亲温柔的手拂过我的脸庞。恍惚间，我感觉父亲已经来到身边。我轻轻地挽起父亲的手臂，陪他慢慢地在月光下散步，询问他在天堂里的生活。因为父亲这一生只是忙于生计，忙于养育他的六个儿女，从没有歇息、休闲过。"我寄愁心与明月，随风直到夜郎西。"

看着皎洁的月色，眼前一幕幕充溢着浓浓父爱的画面如涓涓细流流淌出来，温暖着我。

小时候，小孩子最盼着过节。中秋节这一天，月亮刚升起，妈妈就把热气腾腾的糯米饭倒进碓窝里。很有男子汉气概的父亲喜滋滋地举起棒头舂糍粑。我们站在碓窝旁不停地咽着口水。父亲边舂边笑着对我们说："孩子们，别着急，快好了。"

舂好后，我们已经等不及了。可母亲则要很认真地揪一小块糍粑，团揉得如一面圆镜，如天上的一轮满月。在每个小碗上装一个小糍粑，向天、向地磕头作揖，敬供月亮、灶王爷，敬献已故的亲人后才让我们吃。

当我们迫不及待地接过母亲手中滑滑软软的糍粑飞快往嘴里塞的时候，父亲总在一旁怜爱地说："孩子们，慢慢吃，吃快了会噎着，会消化不良的。我还要舂呢！"

高小毕业的父亲，吹拉弹唱样样在行。每当有月亮的时候，干了一天活的父亲就会拿出他心爱的箫，对着月亮深情地吹起来。悠扬清脆的箫声在夜幕中流淌回旋，在微风中传送，周围邻居的孩子们全都会被箫声吸引过来。几十个孩子在我家的院子里跟随着父亲的箫声又唱又跳。那时我就学会了哼唱《花儿为什么这样红》《冰山上的来客》等经典歌曲。多快乐的美好时光。

父亲很勤劳，很辛苦。包产到户那年，粮食大丰收，父亲就赶着自制的马车，早出晚归，走南闯北，拉着粮食，翻越高高的无量山去景福、曼等卖米，之后又把苞谷买回来卖给街坊邻舍，为的就是供我们读书。

清晨四五点的时候，西边的月亮还没有落山，鸟雀还没睡醒，我们还在睡梦中的时候，父亲就赶着他心爱的马车上路了。到第七天晚上八九点钟，父亲才会返回家。

我们常常跑到公路边等父亲，因为父亲每次出门回来都会给我们带回一些山果，如酸酸的多依果、甜甜的柿子、酸中带甜的鸡素果等。这些山果成了我们最期盼的零食。

一串风铃

每当听到"踢踏踢踏"的马蹄声由远而近，我们就知道父亲回来了。看见我们，父亲"咦"一声把马车停下来，把我们一个个抱上马车，让我们坐在玉米袋上，嘱咐我们抓牢，便扬起鞭子，"驾！驾！"向家驶去。三匹白色的骡马在银色的月光中更加雪白如玉。

我考上高中那年的第一个学期，初中没有学过英语的我，在课堂上一句英语也听不懂。受到打击的我悄悄地哭了好多回，有了退学的念头。细心的父亲发现后赶着马车把我送到学校，找到英语老师恳求老师帮我补课。之后的一个月里，每天下课后老师就给我开小灶，教会了我如何拼读国际音标。加之我刻苦学习，英语成绩进步明显，高考的时候还考得班上第二名。感谢父亲，感谢老师的关怀。我能走出农村，能有机会走上如今的工作岗位，离不开他们的付出。大学毕业的那一年我恋爱了，闪电式地爱上一个男孩。两个月后的一天，他提出分手，我痛不欲生，仿佛天都要塌下来了。周末，我回到家放声大哭，关起门来谁都不见。父亲立即明白了是怎么一回事。他故意大声地跟我母亲说："我们的女儿有知识，有文化，不愁找不到好男人，只是缘分还没有到而已。"然后他又放低声音在门外对我说："孩子，强扭的瓜不甜，分手没有什么大不了的，重新给我找一个好姑爷，天天给我打酒喝，行吗？"在亲人的陪伴下，我慢慢走出了失恋的阴影，又重获爱情，有了自己的家庭。

"老爸，您在天堂还好吗？"

我再次抬起头望着一直向西行走的明月，宛如看到了父亲的身影，把我最想说的话表达出来：

"老爸，我们知道您最放不下的是我们的妈妈。请您放心，我们把妈妈照顾得很好。她时常告诉村里人她是最幸福的人。生病时有国家医保，有儿女照顾；平时有钱花，有新衣服穿，有奶制品、水果吃，什么都不缺。只是妈妈一直念您挂您，每当提起您，她都是满含眼泪，絮絮叨叨地向人诉说。我们尽管很想您，但在妈妈面前不敢提起您，因为她患有高血压，怕她伤心难过，影响身体。

"老爸，清明节快到了，女儿却因要值班，不能到您坟前扫墓，敬上一炷香，请您见谅。我一直牢记着您对我们在外面工作的五个儿女说过的话：'忙，就不要回来了，做好自己的工作，不让父母操心，就是最大的孝顺。'"老爸，您一定会理解女儿吧。明年我一定回去给您扫墓，陪您说说话好吗？

　　"老爸，您是儿女们生命中的月光，日日夜夜，守护着、润泽着我们的心灵，愿您的在天之灵保佑我们。"其实，天下的父爱都是一轮温情的明月，是儿女们前行的灯塔。

戴文会

李鸿湖

李鸿湖，1965 年生，笔名杨回，云南省普洱市景东县人，现供职于景东县一家报社。

1982 年高中毕业后回乡，在田间劳作两年，期间烧过石灰，伐过木材，通过广播自学了英语、日语，后进入一所山乡中学做合同代课教师，四年后退出教育系统，转行种植业。转行失败后又因当时外语教师紧缺，再次幸运地回归教育系统，1991 年考干转为正式教师。1994 年开始学习写作，1997 年改行到乡镇政府部门工作。1998 年到 2002 年四年间写过不少社会纪实文稿发表于当时的《思茅报》（现《普洱日报》）及其他省级报刊。2002 年至今在景东县县报工作，写过不少关于县内发展的思考类文章。2015 年开始转向国际时政类研究与写作。

上苍赐给景东的一份厚礼

——关于无量山黑长臂猿的点滴思考

景东为何被定位为"世界黑冠长臂猿之乡"？这一称谓的依据是什么？

景东境内有两个国家级自然保护区，而且类型不同。一个是亚热带常绿阔叶林生态系统及各种珍稀动物，一个是南亚热带山地森林垂直景观及珍稀动物自然保护区。后一个就是无量山，无量山中就生存着黑长臂猿。2006年五一节，县委宣传部李力副部长和我以记者身份去了在建的大寨子"无量山野生动物观察站"实地采访，写成一组稿件，也许能为"中国黑冠长臂猿之乡"的来龙去脉大体作些说明。

说起黑长臂猿，就想起了李白的诗"两岸猿声啼不住，轻舟已过万重山"。是怎样的猿声，让三峡中乘舟的李白在江涛的喧嚣中听到并入诗且流芳千古？如今，随着三峡大坝的建成，三峡的涛声已被埋藏在一汪平静的江水下面，两岸的猿声可安在？在三峡，要听见猿声真的只有到李白的诗中去寻觅了。不仅如此，伴随着人类社会的发展，与人类共享地球的一些其他物种已经在这颗蓝色的星球上消失了。在全世界，要听见猿声已是很难的事了，这是否是人类的悲哀？

到底是怎样的猿啼呢？所幸，在地球的一个角落——无量山，几百只黑长臂猿千百年来一直固守着它们的家园，每天都在高高的树上啼叫不止。

今年五一节，我到了无量山中的大寨子，亲耳聆听了它们的叫声。每天早晨，生活在大寨子里的五群黑长臂猿在各自的领地里此起彼伏地鸣叫。那是怎样的叫声呢？高亢，嘹亮，欢快。2000 米以外都可听到，简直就是森林中的霸主。相比较，它们的叫法只有人类可以吼叫出来，而那些优美欢快的节奏恐怕人类也无法比拟。

我想，如果说李白听到的猿声就是今天黑长臂猿的叫声，那么老先生是否用错了词，这么畅快的旋律怎能是"啼"呢？后来，我在采访首任保护局局长张兴伟的时候，他无意中说起退休后每隔个把月就要放上一回当年录下的黑长臂猿的鸣叫声，一听到长臂猿们欢快的声音，心情就特别舒畅，仿佛回到了茫茫原始森林，当年在保护区工作的往事就如陈年老酿使他的心慢慢变得年轻。如此说来，李白的诗是否应该改为"两岸猿声唱不止"或是"两岸猿声鸣不住"？

言归正传。俗话说，物以稀为贵。既然全世界的黑长臂猿数量已经不多，自然就成了珍稀物种，何况它们的鸣叫声是那样的悠扬美妙。只有几百只黑长臂猿生活在无量山中，全世界也不过 1000 只左右，比全国大熊猫的数量还少，它当之无愧就是无量山上的"大熊猫"，这真是上天馈赠给景东的一份厚礼了。

接下来要做的是如何使黑长臂猿在无量山上更加繁衍壮大。卫星云图显示：无量山原始森林现已破碎成 63 块大小不等的斑块，黑长臂猿栖息地碎片化的一个直接后果是导致长臂猿种群隔离，使其近交衰退，基因发生变异，最终导致无法适应环境而消失。要做好这一工作，就必须要保护好它们的生存之地。使它们的栖息地不断扩大，这就要让地于林。这是一个宏大的系统工程，长远来看，景东要结合旅游区的开发来扩大繁荣县城，让县城依赖旅游业的发展，逐渐转移无量山保护区周边的山民。这一点并非天方夜谭，四川汶川县的卧龙保护区在保护与开发中相得益彰。大熊猫当年在当地被称作"猫熊"，无人知晓它们的珍贵。随着大熊猫保护以及研究工作的深入开展，它们因稀有而名声大振，汶川县因拥有 250 多只大熊猫而被称为"大熊猫之乡"。世界各地的游客涌入卧龙，使该县走上

李鸿湖

121 ·

了发展旅游经济的道路。

景东酝酿"打黑长臂猿的牌"已经有好几年时间了，去年最终定位。笔者曾从 2000 年开始就两次撰文极力支持，可是几年过去了，有些实质性的工作还未做到位。据了解，已经成立有股所级的黑长臂猿保护站，但由于各种原因还不能开展完全对口的工作，不少工作保护区管理局在尽力而为，但外界对景东有数量最多的黑长臂猿的认知有限。我想，随着现代交通的发展，来景东看这些与人类最为相近的动物肯定能成为现实。就我个人思考：景东应该做出一个完整的长远规划纲要来指导此项工作，使这一工作不因领导人的变更而脱节，相关单位如保护局、林业局、旅游局等要在政府领导下密切配合；景东还应以更大的力度支持国际国内动植物研究机构来无量山开展科研工作，无量山的科研工作涵盖的不只是黑长臂猿，可以是所有动植物。我认为：从 1957 年起，对黑长臂猿从认识到科研已经历经了三个阶段。第一阶段是认识到无量山有大量的黑长臂猿，第二阶段是野外考察它们的大概情况并最终确定了数量，第三阶段是大寨子对这一固定群体行为的初级研究。可以肯定地说，对它们的科研空间还非常广阔。比如说可研究种群之间如何进行联姻，一夫二妻形成的原因，还可以到基因层面的研究乃至野外人工繁育等研究工作。随着科研工作的深入开展，无量山上的黑长臂猿的名声定会一天天扩大。

黑长臂猿优美嘹亮的鸣叫声除了生活在无量山上的山民们听到外，外界的普通大众几乎没人聆听过，更别说近距离看到。但据在大寨子观察研究的研究生范朋飞讲，目前，为数不多的来自都市的人在听到黑长臂猿的叫声时，无一不欣喜若狂，能近距离见到、拍摄到照片的更是激动不已，可想而知它们是一群多么可爱的精灵。范朋飞说，在大寨子时他止不住要思念在昆明的女友，而在昆明时他又无法控制地想念这些山民们称为"飞猴"的黑长臂猿。我们可以欣慰地断言：无量山黑长臂猿肯定是景东发展旅游业时最有卖点的一张牌，它的市场是广阔的。

我认为，开发与保护并不矛盾，开发是为了更好地保护。无量山有近百群黑长臂猿，未来在旅游开发过程中可"牺牲"大寨子动物观测站中范朋飞已经熟悉的"哥本"一家。旅游与科研相结合，游客可近距离观测黑长臂猿也可了解研究工作。不仅如此，因为无量山中几个待开发的景点都在大寨子周围，可以形成一个相对统一的体系。当游客来到景东的第二天早上，可到无量山东坡最高峰对面黄草岭村（待开发旅游点）听黑长臂猿的鸣叫声，看最高峰。下午再驱车到山那边的大寨子，沿途可经过无量玉壁风景区，第三天一早近距离观看黑长臂猿。喜欢攀登高峰的游客可转到邻近公平村攀越，第四天可登上最高峰。真有那么一天，黑长臂猿的鸣叫声、画面及无量山美景都可通过游客小小的手机传向四面八方。那时，真的可让世人来评判一番"诗仙"李白的那句诗是否应该改为"两岸猿声鸣不住"了！

最近我注意到一个信息，近两年来，在周边地区发现了为数不多的黑长臂猿（推测由景东辖区分离而去），据说当地已成立黑长臂猿研究所，并大力宣传。我担忧，如果我们的工作相对滞后，也许将来会出现黑长臂猿高端研究工作不在无量山开展的局面。这一点并非没有前例，毗邻景东的南涧跳菜这一民间艺术，景东安定乡也跳得红红火火，可我们直到人家推广了这一艺术才深感遗憾。如今南涧被文化部命名为全国独一无二的"中国民间跳菜艺术之乡"，"南涧跳菜"由此步入了世界民族艺术的圣殿，在广袤的民族艺术天空里展翅翱翔。时至今日，"南涧跳菜"不仅仅只是民间办宴席上菜时跳的一种礼节性舞蹈了，其丰富的内涵和外延，使之与国际国内娱乐业、餐饮服务业成功接轨，在娱乐业和餐饮服务业中别具一格，独领风骚。其范畴也早已从偏居南涧一隅扩大到了全国，影响遍及海内外。"跳菜"成了南涧的代名词，成了南涧叫板世界民族艺术的重磅武器。

李鸿湖

◆一串风铃

　　景东给自己定位为"世界黑长臂猿之乡"，这一定位是否要上级有关部门命名认可？我想有关工作还任重道远。

　　（注：此文写作于 2005 年，当时景东还未被国家有关部门定为"中国黑冠长臂猿之乡"。）

九十九座山

来到哀牢山中的这个地方工作了十几年，可从未听人说起过这九十九座山，连生活在这山中的文友也从没提起过。也许，大家都身在庐山中，却早已不识庐山真面目了，抑或见多不怪，不以为奇了。倒是我的上司是个有心人，知道我爱弄些小文章，就说，既然有机会到处跑，是否可以去那山里转转？不定能转出些什么来。

初夏的一天，骄阳似火。我一本正经地扛了摄像机来到多依树，邀了几个熟悉山形的挚友和文人第一次进山，文友经启发觉出那山真的有风景。

从多依树村委会陡陡地爬了一坡又一坡，花半个小时，就来到一个叫大门山的垭口，这是由九十九座山中的两座构成的一条沟谷，宽不过丈许，旁边立两块大石，沟上有两山中的树枝交错纵横，厚厚的树叶垫在脚下，温柔，舒坦。走过十几丈之遥的夹沟，陡然下坡而去，这就算进了山门。走了几分钟，又有一座山和刚才那两座共同构成两条夹沟，任君选择去向。友人们在我的"导演"下往满坡里散去，去摘那红透了的野果，镜头大特写中，野果的浓汁染红了口，鲜艳欲滴，想不到这时节进山还有此等口福。

很快就见高大的蕨树把路遮得密不透风，阳光在叶面上凝固了，走进去，不见天日，仿佛入一隧道，隧道那头光亮亮地召引着我们。走出了隧道，又是两座山挤出的夹沟路，山上的叶子浓绿得醉人，无名的花在轻风中摇曳。就这么转着，山中的清爽与凉快让人忘了这是盛夏。不经意间，一条小溪流呈现在镜头里，正值水瘦石现的季节，水流潺缓地摸着石子，相依为命地挤了一沟，吃饱喝足的鸟儿们不时从林中惊起。

李鸿湖

125.

不知绕了多少山脚，山形都大同小异。据说要转完这些互相连通、构思精巧的路道沟槽，熟悉路况的人也非一日不行呢！陌生者干脆转晕了头，不辨东南西北，很难出山。我问，真的有九十九座山吗？友人说恐怕谁也没有数清楚过，老一辈就这么叫来着，也许九十九是表示无数多吧。

九十九座山古代是兵家必争之地，靠近哀牢山脉的一座山头上曾有兵马安营扎寨。山上早已布满丛林，无路可走。为了亲身感受一番，我和文友钻进荆丛林，挂破衣裤，划开手脸，主攻山头。突然，脚下一空，半个人陷进了铺满枯叶的战壕里，这就是传说中的苏老施营盘。此处居高临下，可以鸟瞰九十九座山的山头，地势之险古人早就有知，在这样的地方安营扎寨，在迷宫一样的山中与对手周旋，不知造就了多少头领与强盗。

雷打石岩是九十九座山中最具神秘色彩的山头，视野开阔，往西可遥望无量山。传说雷打石岩曾经是一大石块，横空斜出遮成一方石屋，猎人经常在此住宿，收拾猎物，是天赐的宝屋。可是猎物的血却年深月久地浸染在石头上，后来石头慢慢有了兽性，无数猎物的血魂欲变成一精怪作乱人间，所幸一仙道"明察秋毫"，请天公替人间除害，几炷香缭绕上天，天公施电火猛劈大石块，石块伤痕累累，精怪的血被烤干，扼杀。如今的雷打石，一坡碎石而已，唯留下那个动人的故事。

寒冬腊月，我邀请多依树村小学的老师和学生再次进了一回山。那次夏游归来，总觉得什么东西呼之欲出，一直下不了笔。此次一进大门山，穿毛衣的身子一个激灵，寒意直逼。在潮湿的路旁，已堆满冰碴子，闪闪发亮，踩在上面咔嚓作响，喜冬的山花也满山坡燃烧着，别有一番景色。读书倦了的小学生如放飞的小鸟，欢歌笑语满山回荡，五星红旗招展成墨绿背景中的一点鲜红，天碧蓝得醉人。

东转西转，我们来到雷打石岩的一处草地上，这里的三座山与众不同，它们不是并排构成沟谷，而是形成一个面积约两三亩的凹地，只是稍凹，不成塘。整个夏季的雨水就这样不深不浅不浓不淡地浸泡着，有一种叫"亮天草"的小植物喜欢这阴阴阳阳的环境，雨季彻底结束后，亮天草就钻出来贴在地皮上，叶片不足半寸，像塘中的荷叶密密匝匝地挤着，阳光下绿得油亮亮的，一大片蓬蓬勃勃铺开去，成一方独特的风景。躺在这片亮天草上，纳天地之灵气，享受超凡脱俗的大自然风光，心中只有一个感受：美啊！

又转到上次到过的那条小溪流，经过一个夏季雨水的洗礼，水流丰满了许多，咕噜咕噜仿佛在交谈着，互相照应而去。突然，我天窗打开，思觅已久的东西终于喷薄而出：原来这些山还在虚构的想象里。假如把小溪流堵住，成了一个水库，水漫到沟里，再堵住，这些山就会变成无数小岛。在水中泛舟，青山绿水，这不又出个丘北普者黑或桂林山水嘛！原来如此，真是绝了。然而这一天也许要等到地球上所有的美景都开发完了，可能才轮到深藏在哀牢山中的九十九座山呢！

（写于 1999 年春）

李鸿湖

127.

登无量山最高峰随想

有些事说了很久，长年累月不来，有些事却说来就来，人生大抵如此。4 月 20 日一早，我还在办公室一板一眼地忙活，突然就接到了任务要去一趟无量山，快马加鞭完成工作。于是就轻装上阵了。到了集合地点，才明白要去登最高峰。作为景东无量大山的儿子，我潜意识里一直有登上无量高峰的欲望，想不到机会在没有任何准备的情况下骤然降临。但见队员们个个是一身迷彩服全副武装的行头，而自己一身休闲服分明是没爬过山的另类。

第一站是坐车翻越无量山，到山那边的景福乡，当晚我就和打前站的队员到了最高峰脚下的村庄，和向导聊起无量山的过去、现在和未来。第二天，我惊叹在这个叫公平的村子里，见到了无量山地质演变的天书：一层层堆积起的一大块高达千米的陡峭悬崖，在晨光中，它分明在诉说着地球远古那些沧海变桑田的故事。

无量山作为滇中南的一座高山，南北绵延几百里。景东境内的笔架山为最高山峰，多少人以攀上最高峰笔架山为一个思茅人的自豪。行进的艰险过程我不多赘述，有同伴彭其昌先生的《登无量山最高峰纪行》和几位"大侠"的照片说明，我想谈的是此次登上最高峰的一点点个人思考。

话说无量山最高峰的确很适合普通人攀越，只要有足够的勇气，并不需要专业登山员的条件，它垂直落差大，距离适中，难易适度，能满足常人探险、登高望远的要求。随着现代人生活水平的不断提高，户外登山活动有很大的发展空间。景东境内的无量山因被称为动植物基因库，更有珍稀动物黑长臂猿引来美国、荷兰等国的专家学者来访而名声逐渐传扬开来，登上最高峰相信是很多思茅人心中的梦想。不仅如此，那些险峻的山崖、奇异的石头，还能满足地质科考爱好者的要求，普通探险者则可感悟亿万年前地球造山运动的神奇。

登无量山最高峰是很有意义的事，有同伴曾提议在密密匝匝的高山竹林中砍出一条路，以供后人登山方便。我却以为此举不妥，破坏了树木不说，更重要的是原生态更能让登山者感知攀登的艰难与神圣。如果攀登只成为一种走山路，那岂不亵渎无量山的雄奇。对此，保护局局长李忠林先生深有同感。

未来景东如何做好这方面的工作，本人认为应有一个长远规划性指导纲要。在相应的开发中，如何做到既能满足现代人回归自然、寻求刺激性旅游的需求，又不破坏原生态自然环境，值得思考。

在登上最高峰之前，我一直以为无量山是深不可测的。登上山顶，举目四望才发现原来人类活动的炊烟已在不远的山脚下飘浮，要不是亿万年前那只造山的手把它抬起成陡峭的山崖，无量山可能早已是满目疮痍。在与向导三天时间的聊天中了解到，在人口大规模膨胀之前，无量山中的山民们与大自然和谐相处，家旁边广袤的原始森林中就可以狩猎。可后来大规模的毁林垦荒不但破坏了森林，也使人们的生活陷入贫困的怪圈。20 世纪 70 年代前后，祖宗们因其灵性而敬畏，从来不当猎物捕杀的"飞猴"（黑长臂猿）也成了猎杀对象，祖宗的千古遗训早就被贫油的肚子抛到九霄云外，以致险些在无量山中灭了此物种。值得庆幸的是，千百年来在大山中生存的黑长臂猿绝路逢生，20 世纪 80 年代，景东开始实施全面保护，黑长臂猿又在无量山的家园中繁衍壮大，成为景东一张值得骄傲的名片，当年的猎人们成了忠诚的护山人。还值得欣喜的是，山民们开始大量种植核桃等经济作物，到处都能见到葱葱郁郁的林木，一天天给无量山披上绿装。

李鸿湖

登最高峰本是一次壮举，值得大书特书，我竟思考出有些沉的东西来，我想，人在自然面前不要轻言"征服"二字，还是敬畏自然、善待自然最好，因为人就是自然的一部分，善待自然实是善待自己。

哈喇玛一日游

哈喇玛，充满异域情调的名字，却是逶迤哀牢山中一个无足挂齿的小地方。

假日早起，与到小龙街下乡的朋友明良君一起，迎着哀牢半山腰石垭口清瘦的风出发了，万物沉寂在浓夜刚醒的淡褐色空气里，几家鸡鸣，几缕炊烟。不多时，我们就钻进了茂密的原始大森林。向导是同事，当地土著，他说"哈喇玛"彝语里是指"老鼠精"，古时，这里的"鼠王"硕大无比，它们统治着整个小龙街和哀牢山的老鼠。山里凉意流动着，哈喇玛就在视野内——这就是向往已久的哈喇玛，原来仅仅是一大块花椒地而已。我有些失望，明良君却兴奋得不行，到处拍照。他告诉我们，据卫星图片显示，地球同纬度上保存无量山、哀牢山类似生态植被的地方已绝无仅有，景东以两山名扬天下已为时不远。向导说这块地1949年前种大烟，名叫红花地，因罂粟花开的时候，美丽的花儿满坡耀眼而得名。景东当时是滇西南有名的毒品区，当年景东的猫街班赫赫有名，他们和新平的李润之等勾结一气，大肆种植贩鸦片，卖烟土。就在红花地下面有一条宽阔的马路通往楚雄、新平山外去。那个年代石垭口以种烟而远近闻名。

眺望远山，层层叠叠的原始森林仿佛是铺上去的绿毡子。一些树一团团开着如卷心菜的浅黄花，更有些古树随山形自然点缀出几多绝美的画幅。

向导带我们闯进了古猎道，但见古树参天。五月的阳光贫弱地漏下来些碎金碎银。腐叶堆成柔软无比的黑棉絮，徜徉其上目醉神迷。此刻，六根清净，万念俱灭。另一处，苔类植物从高高的古树

李鸿湖

131.

上飘散下来，在幽静的原始森林中，一如怨女的长发。

　　森林里成气候的另一族是竹类，哀牢山以小金竹、水竹和滑竹为多，而哈喇玛多的却是刺竹。据说刺竹最大的妙处是有笋可吃，其味非一般笋可比。然而，今天哀牢山一草一木都受保护，只能望笋兴叹。忽然，眼前出现无数古堆，有的被古树罩住，有的夹在树中间。我的兴致再次陡增，向导说这是古坟，有上百座，据传这里曾经发生过战争，目前健在的老人也说不上来怎么回事。也许，古人们在战斗后掩埋了这些战友而去……我们小心地行走在古坟之间，唯恐惊醒这些灵魂。东瞧西觅，欲寻找些什么，却未寻到任何碑刻或只言片语，不禁感今怀昔，透彻理解了古名句"前不见古人，后不见来者"的寓意。

　　一阵微风拂来，古树叶子唰唰作响。

　　也许，亡灵们早已活成了树。

普洱要建云南的亚热带植物园

　　普洱南部有着与异国接壤的边三县奇异民族风情，如今，普洱要在景东风景如画的地方建云南的亚热带植物园。届时，对普洱而言，南有边三县，北有植物园；对云南而言，北有丽江寒带植物园，南有版纳热带植物园，中有景东亚热带植物园。普洱将为"彩云之南"锦上添花。为什么要建亚热带植物园？云南是全国有名的动植物王国，而普洱是云南面积最大的一个州（市），同时也是云南最大的一片绿洲。普洱，这一面积达45000多平方公里的地区以墨江北回归线为地理标志，横跨热带、亚热带两个区域。这个地方得天独厚，无数大江大河在境内奔流，更有气势磅礴的澜沧江从青藏高原走来，由北向南穿境而过走出国门。另外，普洱气候温润，雨量充沛，孕育出丰富的森林资源，这些森林养育着无数动植物，让普洱成了当之无愧的"动植物王国大本营"。而境内尤其在最北部的景东，因两山山势嵯峨，保存着无数原始物种，两支山脉多年前已经被批准定以最高级别的保护——这就是景东无量山、哀牢山两个国家级自然保护区。可以毫不夸张地说，景东是云南动植物王国的精华所在，是"妙曼普洱、养生天堂"的集中营，野生动植物生存的天堂。

　　然而，宇宙在不断变化，地球也在不断演变中。近年来，由于人类活动的加剧，地球这颗蓝色的星球不少地方因森林的减少而一天天变得灰黄，甚至正在演化为沙漠，导致全球各地极端气候异常，干旱变本加厉。"长江中下游大旱""北方大旱""西南五省大旱""长江上游有的地方240多天滴雨未下"等新闻触目惊心。令人无法想象的是，号称"水资源王国"的云南也报道出《云南秋冬春连

李鸿湖

旱》《云南多年持续大旱》《云南特旱生存危急》《云南山火再度燃起》等新闻，这样的新闻震撼着我们的心灵。现实中，一滴滴水如此珍贵。

痛定思痛，让我们回到二三十年前。当年可以种植水稻的一汪汪水田现在只能耕作旱地作物；当年家旁边的一口口常年清井现在已成枯井；当年一条条山涧溪流常年流水潺潺泉水叮咚，如今一到旱季就裸露出石头；当年一条条要渡筏的河流如今卷起裤腿就能蹚过。很多小河雨季一结束就断流成季节河，而一些较大的河流也面临断流的危险。以上事实确凿地说明，水资源在一天天地减少。

人们不禁要问：我们的水哪儿去了？水是生命之源，如果没有了水，我们的明天会怎样？有远见卓识的思想者断言：未来的战争可能由水资源引发。

水！水！你到底哪儿去了？是天上不下雨了吗？不是。是地上的出水洞堵塞了吗？不是。是水库建少了吗？不是。

水！那你去哪儿了？

还是让我们以虔诚的心去问我们的祖先吧！在民间及为数不多的博物馆里（比如景东），我们可以大量见到"封山育林"石碑在无声地诉说着历史。当年，它们被人们庄重地立于森林边缘，像忠诚的哨兵站岗放哨，保护着无数的森林。在古代，因交通的限制，广阔的云南大山里大多是原始森林，然而古人们还要封山育林碑，这些石碑上言之凿凿"铁的事实"——保护森林就是保护水源。古人留下老话："山保水"，在他们的意念里，山当然是有树木的山。古人保护森林的证据表明：只有森林能保水。其实，不用打扰祖先，"林保水"乃现代最简单的科学常识。

然而，我们的树木哪去了？由无数植物构成的森林又哪去了？山还是那座座山，但是那座座山上的树正在被现代电锯疯狂"杀戮"，当一座座绿色之山变成一片片红土山后，动植物们无路可逃，从大海里来的雨水一阵风似的以水土流失的方式很快又回到了大海里。树木变成了现代人腰包里的即时财富。

据考证，中华民族发源地黄河的上游，古代也是郁郁葱葱，如今北京古城很多巨型建筑材料即来自陕北高原，当那些参天大树被毁灭性砍伐后，演变的结果是今天我们称为"黄土"高原。水资源稀缺成了其基本特征。

远去的声声警钟依稀还长鸣着，而普洱周边的大理、楚雄、玉溪等地的旱情资讯却在撞击着我们的耳膜，水荒、火灾交叉加剧旱情恶性发展，干旱就在我们周边徘徊并"围堵"着我们。近几年，普洱还未水荒成灾，无疑归功于我们良好的生态环境，然而，大量森林依然在被砍伐，水确确实实是一年比一年少。如果不保护森林，那些今天频频出现的"秋冬春连连干旱""两百多天滴雨未下"之类的词会不会也成为我们的热词，甚至上演黄土高原版本事件，这绝非杞人忧天耸人听闻。如果不改变我们现在的很多观念，修正一些错误的思想，普洱广袤的森林资源能永久延续下去吗？我们生存的"妙曼普洱、养生天堂"会变得越来越"妙曼"吗？若不如此，普洱将得不偿失。

水资源正渐渐远离我们，无数物种正一天天消失，我们有什么办法留住水？又有什么办法阻挡物种的消亡？如何使我们的家园可持续发展？种树！种树！保护！保护！这一简单的答案也已经在省市级高端决策层形成共识——"云南要建森林大省""普洱要建设绿色经济试验示范区"。建设森林大省，不仅要有硬件支撑，也要有相应的人文环境，如何来实现这一宏大的战略目标？云南绝大部分地方都处在亚热带区域，森林系统是一个复杂的生态系统，然而很多地方森林已经被彻底毁坏。如何恢复？如何引进适宜物种？这些都需要科学研究来解决。在此背景下，中科院西双版纳热带植物园主任陈进研究员提出在普洱景东建一个亚热带植物园的构想。陈进研究员大半辈子扎根于中科院西双版纳热带植物园，职业的敏锐让他知道森林对气候所造成的影响，生态危机就在眼前，建一个亚热

李鸿湖

带植物园迫在眉睫。他的这一构想竟然与50多年前有识之士的想法不谋而合。

通过多年努力，这一构想正一步步走向现实。普洱的广大民众也逐步认识到建这个植物园不仅是景东的大事，也是普洱的大事，更是云南的大事。建设一个亚热带植物园，是一个划时代的事件，功在当代，利在千秋。科学家们认为，第一，它可以满足物质生活日益丰富的人们对生态旅游的需求；第二，可以增加人们对生态环境与人们生活的有机关系的认识；第三，可以为我们的子孙人为而科学地保留无数正在消失的物种。尤其第三条中大部分物种在不远的将来就可以惠泽云南乃至西南广大地区。要建的这个园不是单纯意义上的植物园，还须加入很多现代元素，尤其是与旅游相结合，将会对普洱的北部区旅游开发起到巨大的推动作用，旅游业的发展能有效破解开发与保护之间的矛盾。因为人工亚热带植物园通过人工栽培各种植物，可以供人观赏或科学研究，可以通过园林艺术的建设让人去享受自然之美，可以达到人与大自然零距离亲密接近和融合。具体说，人工亚热带植物园的功能大概有生态旅游、科普教育、科学研究、物种保存和科技开发等功能于一体，同时可以为地方经济建设做出积极的贡献，以求达到生态效益、社会效益和经济效益的最佳结合。亚热带植物园建在交通及社会条件便利之处，可以对大众开放，是大众休闲、娱乐及接受科普教育等的地方。短期来看，它能为公众提供森林科普教育平台。人们到达景东后就会明白为什么普洱缺水对我们的影响很大，直观上认知到森林对保水的巨大作用；长远来看，森林是云南动植物王国的载体，整个云南都要保护好森林资源，这一美誉才名副其实。当然，最重要的一点是，森林是我们生存的安全保障。

综上所述，亚热带植物园的建设，是一举多得的大好事。在生态环境一步步恶化的今天，建设景东亚热带植物园无论短期而言还是长远来看都有着极大的科学意义及巨大价值。为什么要在景东建亚热带植物园上文已经说过，建设亚热带植物园主要是为了保存物种，而这一想法60多年前就有先辈提及并践行。60多年后的今天，命运之神再次把相同的命题投到景东。

目前，已退休的原景东文化局局长李开运先生回忆，1959年，国家在景东挂牌成立了"景东林业实验局"，并抽调了不少当时稀缺的大学生到景东开展此项工作，以保护森林、保存中国南方物种为主要目的。据原景东县太忠乡村民杨进先回忆，1959年，他正读小学四年级，从县城来教书的老师给他们讲，景东要建设中国南方的林业城市。他清楚地记得老师讲道："北有黑龙江伊春，南有云南景东。"李开运和杨进先的回忆能相互佐证。

让我们再回到60多年前的1958年，因"大跃进"运动而进行的"大炼钢铁"对全国森林资源进行了大规模无情的毁灭。森林是人类千百年来都应加以保护的财富，是我们生存的保障。我们推测，当时的有识之士，为了保护森林资源提出了建设一个"实验局"的方案，名为"实验"实为"保护"，保护景东难得的森林资源。然而，效果甚微。今天，林业部门有人考证后撰文称，从20世纪60年代开始，景东的木料便源源不断地运往山东、河北、河南、湖南、湖北等地，且这一时期由于人民生活极其困难，为缓和粮食紧张的局面而不惜毁林开荒，蚕食森林。20世纪七八十年代，人们还能看到未完全枯烂的大料满山满箐。自从"杀戒"大开后，景东的森林资源一直到今天都在被"屠戮"。

翻阅更早的历史，景东曾经有过"金景东"之美誉。传说，古代从朝廷被分配到各地的官员们走出城门后，在城外的岔路口奔向各地走马上任，分配到景东的官员欢天喜地而去，而分配到其他地方的官员则恶狠狠地用食指在景东指路碑上对"景东"两个字狠划几下，口中愤然喷出："哼，景东——"意为对不能分配到景东做官泄一口愤懑之气。"铁打的衙门流水的官"，经年日久，指路碑上"景东"两个字竟然被手指划得凹陷了，成为一绝。传说归传说，但

李鸿湖

137.

"金景东"确实是古人留传下来的口碑。传说中的景东何以让不能来景东做官的官员愤懑？如果用皇权社会的做官理念"三年清知府，十万雪花银"来度量，那来景东定会大有"收获"。然而，从另一个角度充分说明景东是物华天宝之地。可以想象当年的景东是一个怎样令人神往的地方？让我们再一头扎进故纸堆中去寻觅那些随岁月流逝的真相，无数的文人墨客在走上景东的这段人生路上为我们留下数以千计的诗文，这些华丽诗篇为我们诠释了古代"金景东"名副其实。

让我们再用几个例子来说明景东的价值所在。已 96 岁高龄的中国科学院吴征镒院士是一个有"全球战略"眼光的人，景东有幸，被纳入了他的战略视野中。20 世纪 50 年代末至 70 年代中期，由于"大跃进""文化大革命"等政治运动，社会进入激烈动荡期，值此背景下，吴征镒院士对有关全球战略的工作仍然没有灰心。"文化大革命"结束不久，在他的主持和倡议下，中国科学院昆明分院从1979 年开始寻找亚热带常绿阔叶林的野外定位观测点。吴先生走遍了云南的山山水水，于 1980 年 12 月，选定了景东哀牢山的徐家坝（今杜鹃湖），建立了亚热带森林生态系统定位研究站——这是我国目前保存面积最大的一片亚热带原生常绿阔叶林，是认识我国广大亚热带地区原始植被类型的宝地。该定位研究站一直发展到今天，已成为中国科学院和国家所属的野外台站之一，保存了近 30 年的亚热带常绿阔叶林的宝贵科学资料。这些资料，对于指导我国广大亚热带地区的保护和可持续发展，具有极其宝贵的价值。同时，这一生态站，也为景东获得了广泛影响力，因为它吸引了众多国内外科学家前来进行科学考察研究工作。据统计，自 2005 年科技部正式批准哀牢山生态站成为国家生态系统野外科学观测研究站后，它作为景东县一个面向世界开放的窗口及一个科学研究平台已经形成。多年来接待了来自 20 余个国家的科学家和研究生到哀牢山生态站进行科学考察及实习，在景东这片土地上为国家培养了 50 余名硕士和博士研究生。2011年，时值生态站建站30周年，景东县政府与中国科学院西双版纳热带植物园共同主办了庆祝建站30周年科研成果展示活动，成了院地合作的典范。

值得庆幸的是，吴征镒院士在关注天然植被群落研究的同时，对人工植物群落的研究工作也一直未放松。1955年，中苏联合紫胶考察队更名为云南生物综合考察队，除紫胶考察外，还调查动植物区系。苏联增加副队长伊万诺夫，中方增加副队长吴征镒，专业人员增至122人，分两队在景东和屏边大围山进行考察。考察队沿昆洛公路南至允景洪，沿滇缅公路西至潞西，足迹遍及滇南、滇西各地，发现5种胶蚧科紫胶虫和117种寄主植物，采集植物标本2000余号，提出了"把紫胶列入国家生产计划"的建议。此后，国家林业部门在景东建立了紫胶研究所，且是我国唯一的紫胶研究所。

20世纪80年代末到90年代中期，鉴于无量山、哀牢山还有保存相对完整的原始森林，在吴征镒院士的建议下，两山被确定为国家级保护区，加以最高级别的保护，景东也因此成为云南唯一一个同时拥有两个国家级自然保护区的原始森林大县。为什么吴老如此钟情于景东？让我们去吴老曾经给（景东）哀牢山生态站的题词中寻找答案，他这样写道："未来很可能在人类'上天'的时候，要利用这些科学资料，带已有的生物至其他星球上进行进化工程，来使得它较快适应人类生存发展的需要。"

景东有两山，其巨大价值在于森林生态系统，有了森林，这里就成了动植物的乐园。景东因此成了以珍稀黑冠长臂猿为主要品牌的动物王国。黑冠长臂猿的价值，我们可以从它的数量比大熊猫还少来认知。20世纪80年代以来，来自美国、荷兰等发达国家的科学家成批成批地到达景东研究它们。目前，黑冠长臂猿的研究已经取得了重大成果，并培养出数名博士研究生。可见"景东无量山、哀牢山是野生动植物生存的天堂"，并非空穴来风。

当年的紫胶研究所曾考虑到景东交通条件差欲重新选址，但自

李鸿湖

然资源条件优于交通条件，使得该研究所最终依然扎根景东。这充分说明，景东两山的森林资源能够保存下来，主要因其独特的地理位置。也许正因为这点，景东才成为一个适合国家级单位生根的地方：两个国家级保护区在景东，两个国家级科研单位落户景东，两个国家级电站建在景东。这都得益于景东良好的生态环境。2007年，中科院版纳热带植物园陈进主任来到了景东，他此行的日的就是要落实吴征镒院士让景东两山的森林生态系统"适应人类生存发展的需要"之理念，用他们成熟的建园经验与景东合作建设一个亚热带植物园。多年过去了，陈进主任已不记得为此到过景东多少次，始终不离不弃。周游过全球的陈进主任对景东越来越充满信心，他认为，景东不仅是云南原始森林的中心，更有丰厚的历史文化底蕴，在云南，景东是建此园的最佳选择，建成之后，能惠泽景东乃至全人类。

2011年9月，金秋时节，景东新一届领导班子上任后不久就签订了亚热带植物园建设框架协定，如今园址已经选定，前期工作也已经启动。2011年3月10日，普洱市市长李小平考察了园址，对即将建设的景东亚热带植物园寄予无限期望。2012年3月20日，中国科学院副院长丁仲礼院士来到景东，对即将建设的亚热带植物园进行了调研考察。2012年10月1日，景东亚热带植物园奠基典礼举行。

2017年，景东亚热带植物园迎来了春天，泸宁高速路修建经过景东境，修高速路的公司发现了景东两山这隐藏的宝藏。随即，亚热带植物园改变了运行模式，由云南省高速公路投资公司、景东县政府、西双版纳热带植物园三家合股操作，正式进入实质性开工建设快车道。

真应了"十年磨一剑"这句至理名言，在景东建亚热带植物园是最佳的选择，是众望所归。

周雪梅

　　周雪梅，女，1970 年生，中学高级教师。现就职于云南省普洱市第四中学。爱学生，爱教书，爱手中的三寸粉笔，爱脚下的三尺讲台，更爱那留下岁月印迹的笔墨。凭着自己兢兢业业的付出，曾获区级和校级优秀共产党员、校级优秀班主任、"云岭优秀职工"等荣誉称号。

那种感觉，刻骨铭心

耳畔传来歌手李健的歌曲《风吹麦浪》："远处蔚蓝天空下，涌动着金色的麦浪，就在那里曾是你和我爱过的地方，当微风带着收获的味道，吹向我脸庞……却没能等到阳光下这秋天的景象……"

听到这首歌，我仿佛看到湛蓝的天空下，层层金黄的麦浪随风而摆，微风吹过，丰收的味道迎面扑来，望着一望无际的田野，我不禁心旷神怡，宠辱偕忘，这世界真美，活着真好！

冬日的早晨天亮得晚，6点半左右，四周还漆黑一团。我起床后去厨房煮早点，没想到意外发生了。"嘭"的一声，如同电视剧里手榴弹爆炸，火光照亮了四周。瞬间我全身着火。我大叫着一边拍打着睡衣上的火，一边往客厅倒退。仅仅几秒钟的时间，我被吓得魂飞魄散，火光、爆炸声、我的惊叫声交织在一起。孩子爸也从卧室中跑了出来，忙问是怎么一回事。我用手指指厨房结结巴巴地说："我去煮早点，没想到液化气漏了。"

当时，我感到脸火辣辣地痛，还有一股头发被烧焦的味道。我猛地冲进卫生间，第一时间就是看一下脸是否被火烧伤了。我怕像平时见到的被火烧伤人的皮肤一样，皱在一起如包子封口之处，怎么擀也擀不平，整个人面目狰狞叫人不敢正视。凑近镜子，仔细观察，万幸之至，皮肤没破，没出血，只是红。谢天谢地，没破相，心里放松了些，心想应该没多大事。

上午第一节有课，于是我不顾全身皮肤红痛，如平时一般穿好衣鞋赶去上课。没想到等安排好学生早读后，精神一放松，此刻顿感除脸外，全身包括四肢都开始火辣辣地痛起来，只得用用凉水冲一冲暴露处缓解一下疼痛。

好不容易坚持到下课。我赶到医院，挂好号，到候诊室，实在疼痛难忍，导医问我情况后，叫我赶快进诊室。诊室里是一个50多岁的老医生，态度和蔼，他听我简单地叙述后，只望了一眼我的四肢，立刻说道："这么危险，还好没要你的命，马上住院。送住院部治疗！"

"医生，我认为可能没那么严重，只是辣痛一点，没外伤呀！"

"你呀，不懂，烧伤不同别的伤口，就是因为觉得不太疼，才是伤得重。快去吧！"

这一天，"运气"真好。刚好碰到科室医生们全体巡诊，一刻都没耽误，办完住院手续，立即手术。我的双脚脚踝以上一寸左右的皮被活生生地剥下，用雪白晃眼的纱布捆好，护士输好液，让我一个人静静地躺在病床上，而我还如同在做梦一样，半天回不过神来。

老父老母听到消息后急匆匆地赶到医院，一边忙着照顾我，一边埋怨我没及时通知他们。而我一来没想到后果有这么严重，二来不想让年老的他们担惊受怕，却不想这种做法让他们更加伤心。父母一辈子老实巴交为儿女操心，平时我们工作忙，时不时去看他们一下，还常常埋怨他们这样做不好那样说得不合时宜，总觉得他们老了，跟不上时代的脚步。可在我最无助的时候却是老父老母在忙前忙后，我心里不由得深深自责。《红楼梦》中跛足道人歌中语："世人都晓神仙好，只有儿孙忘不了。痴心父母古来多，孝顺儿孙谁见了。"说得真精辟！

麻醉过后，一阵阵疼痛袭来，双脚像独立于身体之外的拐棍。夜幕降临，洁白的纱布渗出摊摊黄水，我努力忍住，不想哼出来，可还是不由自主地哼叫了出来，好像这样做之后，疼痛会减轻一点似的。我想努力睡去，想着睡着了就不会有这么疼，但这是徒劳的，我眼睛连闭都不会闭，就这样一直哼叫到天明。我想象不出来第二天我是什么样子，只是感到一夜之间，青丝中的白发如韭菜般遇雨而发，冒出来许多。锥心的痛使我失去了往日的活力，而这才是厄

周雪梅

143.

运的开始。

我以为这种痛就如同做一个手术一样，咬牙过一两天，顶多一个星期就可以康复出院了。我正带着毕业班，耽误不起。没想到皮肤的恢复是一个漫长而艰难的过程。因为包裹着纱布，我的四肢不能动弹，一个星期后，肌肉开始萎缩，没有了力量。我渐渐地失去了勇气。

生活既像一盒巧克力，又像一根狼牙棒，你永远不知老天会给你什么。每日看到太阳光从窗户照进来，慢慢推移它的光影，移到我病床的一角，再慢慢移出病房，等到灯光亮起，我的一天又过去了。从每夜每夜痛得不住呻吟到不再哼叫，从伤口流黄水到结痂，再到新皮的长出，从不能起身到慢慢会挪，再到会走几步……躺在病床上的我，不时会想到美国作家欧·亨利的小说《最后一片叶子》中挽救了琼西生命的那片边缘已经枯黄，可茎部仍然是深绿色的叶子。因为这片叶子，琼西活了下来。我想，如果我的窗外也有那么一片叶子该有多好，那绿色，是生命的深绿，活着就有希望，所有的人都要对生命充满信心，更何况我不过是外伤而已。

这所医院烧伤科与肿瘤科是一个大科室，隔壁病床住着一个得宫颈癌的病友，叫胡化英。她的声音很好听，有点像歌唱家关牧村的女中音，很有磁性。我在疼痛中听到她说的第一句话是："大妈，不影响，她哼出来就会不疼一些。让她哼哼。"母亲见我一夜一夜地哼叫，觉得影响了别人，心里过意不去，向她表达歉意时，她是这么回答的。等我一日日慢慢好转后，我们也就成了朋友。

"我去打饭了，大姐你的化验单要我帮你带上来吗？"

"这是稀饭，你来点吗？"

胡化英就是这么一个勤快、乐观、直爽的人。她原来是橡胶厂的工人，八年前，丈夫因病去世，留下一个12岁正在读初中的男孩，由婆婆帮忙照顾在老家读书。身材瘦小、满头银发、已72岁的老母亲陪着她在医院看病。

她年前检查出了宫颈癌。医生说可以先化疗，过三个月后再来手术，这样效果会好一些，也更不伤身体。第一次住院回去后，儿子见她戴着个帽子回来，不敢认她。等她脱了帽子露出光头时，儿子号啕大哭，再也不让妈妈把帽子摘下，说害怕。她四处筹钱，工作也没了，亲戚朋友处能借钱的早就借过了。等她东拼西凑筹够钱，没想到三个月后再来到医院却怎么也住不进院来。

　　她好不容易住进医院，主治医生也说可以手术了。多喜！然而手术前一天医生例行检查时却意外发现，原来的肿瘤是小了，但在另一处又发现了一个小肿瘤，这说明癌细胞已扩散，不能再做手术了。多悲！那天晚上才7点钟，天已全黑，她检查完毕，得此噩耗，年老蹒跚的母亲扶着她走进病房，平时整洁干净的她衣服松松垮垮地披散着，目光呆滞，脚已不会迈步。我见证了开朗乐观的胡化英精神瞬间崩溃时的样子。对一个癌症病人来说，可以做手术说明生命还有救，不能手术说明已无救了，唯一的出路就是等着死神的降临。每个人平时可能都会在嘴上说死怕什么，无畏无惧，但当死亡真的就摆在面前时，脆弱的一面才会真正展现出来。

　　那个晚上，是我住院以来最安静的一夜，我没有发出任何的哼哼声，我怕我发出一点声响，就打扰到这个苦命的女人。夜里我听到她辗转反侧，低低的啜泣声一直持续到天明。

　　她的两个弟弟从老家赶来，当听说不能手术时，也感到很难过，但只能接受现实。大弟弟说："家中实在太忙，既然不能手术那我们在这也不起作用，我得先回去了，还是只得让妈妈陪着你。"小弟弟趁化英不在时低声对母亲说："医生说我姐的病不能手术了，顶多可活五年，没必要浪费钱了。你也劝劝我姐就让她回家保守治疗吧！"

　　日子仍要继续过下去，既然不能手术，就没必要住院了。打好化疗针，医生说可以回家休养，过段时间再来做第二个疗程。那一日我们在悲痛中分手，她说她好想活下去，看那金色的麦浪，闻那丰收的味道。

周雪梅

"上帝给你关了一道门，就会记得给你开一扇窗"，但我的好病友，不要说窗了，上帝怎么连一丝光线都没给你呢？我只希望老天可怜可怜这个女人，再给她一点时间，让她的儿子——说"妈妈下次回来时头发长得长长的我就不怕了"的儿子再长大点，再让她离开。亲爱的朋友，我希望你一切安好，乐观开朗地生活下去，看到这阳光下风吹麦浪的秋天的景象。

阴影和阳光一样，都是人生的财富。人就在这样的反反复复中成长成熟起来。我经历了这次意外后，经历了与病友的相遇相知后，经历了生命攸关时刻亲人朋友表达的真情时，经历了面对生命形形色色的人表露出的人性时，我明白了何为刀刃，刀刃即精神，只要有刀存在，即有生命，有健康才会有外物。所以人首先要会爱自己，珍爱自己的健康，珍爱自己的生命。

我躺了整整三个月，然后慢慢地重新学挪步，再到走出家门。当我重新站立，再面对这世界这生命时，我有了刻骨铭心、脱胎换骨、涅槃重生的感觉，它让我重新审视走过的和将要继续前行的人生之路。

天高云阔，秋高气爽，秋天已悄然来到。大地穿上了一件金黄色的毛衣。枯黄的杨树叶和鲜艳的枫叶飘落下来，好像几只彩色的蝴蝶在空中飞舞。松树爷爷还穿着碧绿碧绿的长袍，显得更加苍翠。柿子树上的叶子全都落了，可黄澄澄的柿子还挂在枝头，像一个个大大小小的黄灯笼。紫色的喇叭花围着操场边的栅栏开得正欢。绿色的草坪上，学生们正朝气蓬勃、生龙活虎地踢着球。人世间的生命就这样一代又一代地延续着。

美女猫的自述

　　薄雾散去，冬日的阳光暖暖地照在我的身上。我伸伸懒腰，眯着双眼，透过阳台上一盆盆盛开的菊花，望着远处墨绿色的群山，沉浸在自己的思索之中。冬天又来了，今年的冬天，不冷，很温暖！

　　我有7岁，如果按人的年龄来算，应该算是已走过青壮年渐步入暮年的60岁左右的人。我记得我的小主人把我带来时并没有住在这里，这里应该是我的第三个家吧！

　　小主人话不多，勤劳贤惠。小时候，她天天用牛奶喂我，抚摸关爱我。我喜欢她，她好像也喜欢我。因为她给我起了一个好听的名字——"美女猫"。

　　我美吗？有一天下雨我趁机在水洼里美美地照过一回镜子。

　　我穿着件黄白相间的条纹花衣，毛色搭配和谐均匀。脸和胸脯去了黄色，长得白白的。可能许多人觉得猫长得都一样，一样的五官，不分什么好看不好看。其实不然，猫和人一样，有的长得好看点，有的长得稍差点，究其原因是比例问题。我呢，眼睛与眼睛之间的距离合适，多一分嫌开，少一分嫌挤。鼻子翘翘硬硬的，嘴巴小小软软的，与额头正好呈一个标准的三角形。白毛又让这张脸多了几分清秀，脖子、胸脯上的白色，就如女孩围着一条白色的丝绸围巾，更是楚楚动人，惹人怜爱。我还有一双圆圆的黄色的大眼睛，灵灵活活，顾盼生姿，风情万种，叫人忍不住地喜欢。我本应该是人见人爱、花见花开的那种女神，但恰恰相反，我却不遭人待见，命运多舛。

　　有一天，我如平时一样蹦上蹦下，趁小主人休息，蹿到饭桌上偷吃，被一个黑脸的男人提住，他大发雷霆，我差点被摔死。

周雪梅

　　小主人只好给我换住处。但好像没有人接纳我，我只好住进了一间柴房里。那里面黑漆漆的，堆着些被丢弃了的家具。没一点阳光，没一点人气。一个叫喳喳的老婆婆和一个和蔼的老爷爷会按时送东西来给我吃，小主人有时会来看看我。我本来也不太会接触人，这样也好，我行我素，多了份自由。

　　那年的冬天，很冷，冷得我差点死去。我命大没死成，又活了过来，不然还会有我现在的回忆和现在住的窝吗？

　　钥匙在响，我快速跳下窗台，是老爷爷和老婆婆回来了。只要我蹭蹭他们的脚后跟，两个老人就高兴得不得了。"在家呢，老头子快喂点猫粮。"老婆婆喊道。"好呢好呢，你看看，这猫多有人情味。"老爷爷一边喂我，一边自言自语。

　　我吃完食物，舔舔嘴皮，噌的又跳到阳台上，准备美美地睡个午觉。阳光更加温暖地照着，阳台上的花儿也悠闲地唠着家常，日子就这样一天一天地过着。平静，平安，平稳！远处的青山有我年少时的梦想，但现在都归于平淡，把握当下，才是我的生活。

　　在黑黑的柴房里，我生下了我的第一批猫崽。因为主人照顾不周，我乳房发炎，烂了一个口。加上奶着小猫，伤口就越撕越大。到后来这只奶头掉在了肚子下面，奶水四溢。小猫儿需要我的乳汁呀！当老婆婆把我从猫笼里硬性抱出来，把我和小猫隔开时，我两眼昏花走路都不稳了。

　　小区里领孩子玩耍的大爷大妈们都围在小猫笼旁，我像疯了一样地围着小猫转来转去，"喵喵"地叫着，生下才一个星期的小猫也跟着叫起来，母子分离，场面凄惨，叫人心酸。

　　过了两天，我已疲倦不堪，奄奄一息。老婆婆告诉了小主人，小区院里的大妈大婶们被感动了，说大伙要凑钱，去给我看病。这些大妈大婶碰到超市打折会像不要钱一样地去抢；在菜市场里砍价是一等一的高手，都是一分钱会掰成两半花的主。而我却得到了她们一致的同情，是人性使然吗？人性是母性，是同情弱小与不幸。

我真的被带去手术了。我害怕，我挣扎，但无用。麻醉后，我如一个受重伤的伤员，全身裹满纱布地被抬回了老婆婆家的阳台上。小主人生怕我跑下地把伤口撕开，就抱了我整整两天三夜。我知道她很内疚，感到没照顾好我，但我不怨她。谁希望得病呢！轻轻地放，轻轻地喂，到第三个晚上，我会慢慢走了，所有同情、帮助过我的人都很高兴。可没想到两天后伤口在我的跑跳中又撕裂了。小主人几乎崩溃，大妈们又叫声一片。

　　我知道我摆脱不了二次手术的厄运。我不想再去受罪，但小主人不敢违抗大家的意见，因为如果去医治，我死了，她可能只会受到良心的谴责；如果不去医治，我死了，她不仅良心会受到谴责，更会受到旁人的指责。所以我只能再受一次罪，而我并不领情。生死由天，顺其自然。这次我没像上次一样醒着被抬回来。小主人一路走一路哭，不忍再看我一眼，接受了我，却没养好我，我虽然是一只猫，但也是一条生命。对待生命要有一颗慈悲之心，并要有付出的准备，如果只是图一时好玩，没有做好付出的准备，那就不要养宠物。我心中的小猫已经死去。

　　小区里有一个姓段的婶婶，养过狗。她看到我这种情况后，说动物身体的自愈功能是很强的，第二次再缝合，肉皮已经松软了，怎么可能缝合得了呢？俗话说："一猫有九命。"等等再看看，还活得回来吗？没想到晕了几个钟头后，我慢慢地晃晃头，真的活回来了。段婶把灶灰水煮沸后，天天用棉球给我擦伤口，小猫被带回家中由老婆婆煮牛奶喂，母子隔开。日子在治疗和喂养中过去了。我不见小猫们，奶水慢慢回了，伤口渐渐合拢。小猫们也睁开了眼，慢慢长大。等到会吃东西时，由喜欢它们的人家领去。

　　经过了这死里逃生的经历，家中再也没有人说过让我搬出去的话，我成了这个家中的一员。老婆婆老爷爷退休生活中有了可谈话的对象，小主人时不时回来，我看她一眼，"喵呜"一声打个招呼就出去玩了。日子就这样过着，如千千万万个家庭一样，日出而作，

周雪梅

149

日落而息。这是我的家。

　　远处的青山在落日的照耀下镶上一道金边，衬着金色的晚霞，绚丽多彩。人性的光辉在天穹深处时隐时现。岁月静好，现世安稳！

只愿时光静好，岁月安然

所有的悲欢离合，最终都不过付与说书人。

——题记

这世上大抵没有什么可以敌得过时光，它划过我们的指尖，之前的种种便成了往事。

从2016年回望，我46年的时光弹指间即逝。昔年蹒跚的孩子，而今已成满鬓微霜的中年人。有时，我也会想起梨涡清酒、恣意年华的从前，那时的时光仿佛被无限放慢了。

天真烂漫的孩童时代，是最让人难忘的时光。那时功课没有这么紧，上学放学路上是我们培养同学情，快乐成长的必经之路。那时我们一般没有睡午觉的习惯，除非大人特别要求，所以我们一吃完饭，等家中最大的孩子洗好碗，就大的领着小的，或一个邀约一个去上学了。

现在的倒生根公园那一片以前应算是城郊了，去现在普洱市二小要经过的妇幼保健院一片那时都是平原大队的菜地，再往前走是树木茂盛的地委行署，然后才到学校。因为去得早，路边的小花小草、菜地小沟、林荫小道、蝴蝶小鸟就是我们的乐趣所在。夏天百花盛开，我们会把头发盘成髻，一路走一路采摘路边的野花，或人家墙角伸出来的花，只要觉得喜欢的全往头上插，还自我命名，你的是小姐头，我的是丫鬟头，一路打打闹闹来到学校。我只记得我那时还会害羞，进教室前会把那些好看的花儿拿下再进教室。至于别的小伙伴拿下没拿下，却是记不得了。

我不明白现在不爱钓鱼的我，孩童时怎么那么爱拿鱼摸虾。放

周雪梅

学后，把藏在菜地草丛中的烂粪箕寻出来，把它斜着踩放进菜地沟里。然后，挽起手袖，脱掉鞋，把裤脚卷得高高的，跑到离粪箕较远的一段小沟边，跳进水沟里，用脚去搅水，特别是小沟边有水草的地方不能漏。等人搅到粪箕处，把粪箕一抬，里面就会有小鱼小虾，不论多少，只要粪箕一抬起来，心里都会感到快乐无比，很有成就感。收获一筐之后，又开始第二次的驱赶。跳进水沟里时，那种兴奋、那种清凉的感觉，我记忆犹存。不知不觉太阳落山了，才会着急起来。因为回去晚了会被大人打骂的。赶紧从地里扯一根长且软的草，从小鱼的腮穿进去，串成一小串提着往家赶。如果那天天色不晚，计算着大人可能还没回来，就把胜利品提回家。碰到大人心情好的时候，用油煎煎，吃饭时既打了牙祭，又有成就感。如果那天忘了时间回去晚了，快到家门口时，还得把那串小鱼丢得远远的，回到家还得挨打。对我们来说挨打是常事，过后就忘了，第二天又去寻找自己的快乐去。那种快乐的时光一去不复返，消失得无影又无踪了。

后来功课紧了些，但我们还有选择，如果考不上大学，还可以考工，有些父母的单位还可以顶岗。所以班里有会学习的同学，也有会玩的同学，学校活动也多。怀念那时的自己，那一段快乐难忘的好时光！

高中毕业后同学们有的考上了中专，有的考上了大专，有的考上了大学，各奔前程。但不管如何每人都有自己的路去走，分别之际还是不舍，但因为它是人生所必须经历的，不管你愿意与否，疼痛与否，岁月总要在生命里留下一些痕迹。我们在心中留恋却在又不会表达中分手，多年后同学聚会，才明白彼此在同学中的印象。谈笑间往事已隔多年，人生已过半。

秦始皇的千秋霸业终究成了汉朝的囊中之物，沿袭千年的封建帝制也终究被辛亥革命推翻，只有历史书上轻描淡写的寥寥数字能证明这些人、这些事真的存在过。时间令我们成长，也令曾经的种种淡去。也许当时轰轰烈烈、自以为了不起的事经过时光的洗刷，早已变得模糊，最后都不过归结为两个字：过去。

只是自己在40多年的时光里，可回首、可谈笑、可凝噎、可泪流，来这尘世走了一遭，在似水年华里经历了人世百态，已不负此生。猎猎风声过耳，带走的是懵懂的少年时光，不变的是对生活的憧憬。回望过去，也许当我们还在年少无知的时候，已经不可抗拒地成了时间洪流的一部分，注定要背负起留下历史和创造未来的任务。以后的路始终是不可预知的，我们只有随着自己的心长久地走下去。

闲暇的时候，我还会煮一壶茶，带着舌尖缭绕的茶香，跟着时光走过那些过去。岁末之际只愿以后的自己依然可以期待未来，不改初心；只愿时光静好，岁月安然！

周雪梅

母女情愫

吾家有女初长成

——周雪梅（母亲）

起初，月亮有点害羞，它把云纱遮在脸上。天上已有七八颗星在闪烁，一切显得那么安静、神秘。皎洁的月光给大地披上了银灰的纱，照在草地上，草地更加清凉；映在树枝上，树枝沙沙摇响；洒在操场的水泥地上，水泥地更是明亮清晰。一阵风吹过，带来夜的清香，也带来对女儿的思念之情。

孩子的出生好像就在昨天，记忆犹新。转眼，吾家有女初长成，荷塘无莲可相比。这是上天送给我最好的礼物，感恩上天，感谢孩子在成长过程中带给我的欢乐、烦恼、希望、信心、勇气、力量等一切的一切……

娃儿笑，头发掉

照片上的我抱着刚满百天的女儿。女儿小脸粉嫩嫩饱饱满满的，点墨般的眼珠，滴溜溜地看着我，一双莲藕般的小手好像总想去抓什么似的，随时在动。我忘掉妊娠期、生产时的各种痛苦，心里满满装的全是这个小生命。那时的我产假刚满，面色有些憔悴，额头亮晶晶的，与现在浓密的头发形成鲜明对比。因为每夜要起来喂孩子总感到睡不够，头发大把大把地掉。俗话说"娃儿笑，头发掉"，恐怕说的就是这时候。但每日看到这个小生命又有新的举动，总会高兴半天，心中满是初为人母的喜悦。

孩子，你让我的生命开始新的旅途，你是我一生的牵挂，是我活下去的勇气与放不下的责任。

今天是蛋，明天就是能飞的鸟

从小，你就喜静。一张纸，一支铅笔，一盒水彩笔，有时再加一筒橡皮泥，你就可静静地自个儿玩上半天。如果有一堆沙，一堆小石子，再给你一把塑料小桶、一个塑料小铲子，有小朋友更好，如果没有，你也会自言自语地沉浸在自己的童话王国里。这么乖的孩子，真的是上天给我的恩赐。

学校的铃声"叮叮当当"响起，操场上的鸟儿"叽叽喳喳"叫个不停，到了该上学的年纪，我看着你背着小小书包，高高兴兴地去学校，静静地坐在小凳子上的背影，莫名的感动从心底涌起，花儿渐渐成长，天使长出了翅膀。

读书期间好像没给我们带来什么印象特别深刻的麻烦。顺顺利利地小学毕业升入初中，和我在同一个学校。我教书，你读书，娘俩每天一起去学校，一起回家。省下许多父母接送孩子的难处，也多了我与女儿相处的时间。我俩是母女，但随着你的长大，我们之间多了沟通与理解，母女情外还有了朋友的情分。在学习方面，你凭着优秀的成绩顺利升入高中，再通过自己的努力考取了喜欢的大学。

在你的成长过程中，我没刻意去关注，当碰到事情或问题，在我处理时，我会讲给你听我这样做的原因，也会让你谈谈自己的看法。

有一天中午，放学太晚了，我俩只好在家门口吃点快餐。小店里人不多，我们对面坐着一家子也在吃饭。父母穿得脏兮兮的，一双胶鞋鞋面上全是石灰浆，脸上和手上还有未洗净的沙灰印。两个孩子，一儿一女。男孩年纪可能比我女儿小一点，十一二岁的样子，女孩也就五六岁。但两个孩子长得红红润润健健康康的。吃饭时，

周雪梅

女儿一直盯着人家看。到晚上，有空说起这件事。我问她："你今天一直盯着吃饭那家人看，在想什么？"

"妈妈，那个男孩饭量惊人，吃得太多了。"这是她的回答，我无语。

"你还看到什么？"

"男孩吃完自己的菜后，他妈妈把自己碗里的菜夹给了他。"

"还有，他们的爸爸好像很少夹菜。"

"菜不是很好，但两个孩子吃得挺香的，爸爸妈妈也是笑呵呵的。"

"那关于这些方面你又有何新的想法呢？"

"妈妈，我知道了，这是一个幸福的家庭。幸福不是钱多，而是有爱。"

"在这个社会上有许多打工者，他们生活很不容易。要有同情心，要学会尊重别人。"

这一晚，孩子用心写下了作文《瞬间》，用她的眼睛和思想去观察和了解社会，去体会生活。

在孩子的成长中，我不是很尽职的妈妈。有很多时候，因为自己工作也忙，就没那么多时间和心思管她。她常常说，哪个同学的妈妈，水果削好并包装好给孩子；哪个同学的妈妈炒的黄焖鸡好吃；哪个同学星期天又到哪儿去玩了。虽然她是无意说起，但我的确为她做得少之又少。所幸的是孩子从小学、初中到高中、大学都碰到了一些负责任的好老师，他们给了孩子自信、快乐、奋斗的目标等，不断纠正孩子的缺点与毛病，让这只小鸟在展翅高飞前，学会打理自己凌乱的羽毛，学会用知识来武装头脑，用涵养来调整自己的情绪。

将出牵衣送，未归倚阁望

大学四年，你挣回来一大捆奖状，历任班级团支部书记、学生会文艺部部长、模范标兵等，还被选派参加了学校组织的到北京和大连的技能及演出比赛。在求学的道路上，你一直都是那么的刻苦认真，好学上进，妈妈因你而在亲朋好友面前神清气爽，因你而感到骄傲与自豪，因你而感到生活充满了希望与信心。在你拼搏的学习之途中，妈妈和爸爸除了精神的鼓励外，没能给你创造更多物质的条件，但你从来没有抱怨过什么。在你读大学的这四年，妈妈因身体原因多次生病住院，还时不时耽误你的学习，让你过早地承担起照顾我的责任。此时同年龄段孩子正是展现风采、四处游历的时候，而你却一有空就跑回家打理家务或去医院陪我。让你过早承担生活的重担，我心里有深深的内疚。孩子，谢谢你！

　　学业结束，你如千万学子一样，奔波在寻找工作的洪流之中。

　　竞争的残酷性让人感悟到生活的无情。鱼和熊掌，不可兼得，在陌生的大城市安身立命？作为只有一个孩子的我们，不愿意她每天在车水马龙的大城市奔波劳累，最大的幸福莫过于长久的陪伴。让孩子回到家乡寻一份稳定的工作？含辛茹苦培养孩子的我们，又不情愿孩子继续复制自己按部就班的人生路，世界这么大，应该让她去看一看、闯一闯。唯一的孩子，唯一的选择，孩子背负的不仅仅是自己的梦想，还有我对她人生的无数设想。在日新月异、瞬息万变的时代，谁也不敢为抉择买单，因为不到最后，谁也不知道哪一次选择是最佳答案。

　　还记得我们一起去看的电影《冈仁波齐》吗？那一条朝圣路，他们走了一年，遇上许多状况，他们走走停停，因为知道自己终将要去向哪里，所以，心安理得面对发生的一切。接受，面对，理解，放下。然后，歇息片刻，继续上路。这一路，像极了人生。孩子，希望你拥有一颗平常心，不抗拒麻烦，不拒绝波折，不害怕无常，发生什么，就面对什么，接受下来就是了，只要还有健康，还有生命，一切都不是问题。人生没有白走的路，每一步都算数，每一步都有感受，每一步都是财富。接受下来就是了，因为你还年轻。罗

周雪梅

157.

素说过："人生应该像条河，开头河身狭窄，夹在两岸之间，河水奔腾咆哮，流过巨石，飞下悬崖；后来河面逐渐展宽，两岸离得越来越远，河水也流得较为平缓；最后流进大海，与海水浑然一体。"其实，这也是人生历程的写照。

吾家有女初长成，天生丽质难自弃。孩子，你的旅途才刚刚开始，前方的路还很长很长，有些地方也许还没有路，有些地方有路却未必能通向远方。生命的过程，大概就是学步和寻路的过程。你要勇敢地走，脚踏实地地走。

夜更深了。窗台上的栀子花散发出浓郁的香味，那是你和我都喜欢的花。虽然我仍毫无困意，但浮躁思念的心已逐渐平静下来。既然你已展开翅膀，我又何必杞人忧天。成长的历程，是你的，该经历的生命历程是不可替代的，只有经历过才成为你的人生。我打开电脑，这回，我换了一首歌——《栀子花开》："……栀子花开，如此可爱，挥挥手告别，欢乐与无奈……淡淡的青春纯纯的爱……"

妈妈，我的良师益友

——何宸熹（女儿）

又是一个虫鸣花香的夏日夜晚，耀眼璀璨的霓虹灯盘旋在鳞次栉比的楼房上，使"戴帽子"的西盟房屋更有特色，更像那个身披稻草、头戴草帽的小木偶匹诺曹。连绵的阿佤山在星群的笼罩下如同慈祥的母亲，哼着催眠曲，正陪玩累了的孩子——西盟小县城入睡了。夜晚的宁静增添了我对妈妈的思念。

孤单让人成长

学生时代，我曾来过西盟一次。在龙潭的树林下走一走，看着清澈见底的湖水，呼吸着负氧离子充沛的空气，羡煞居住在4A级景区的西盟人民。每天都可以在黄昏后清闲自在地走走路、锻炼锻炼身体，很是惬意。到真正成为西盟居民后，才觉着这适合宜居养生的生态小城，似乎不适合年轻人对美好生活的需要，没有网红奶茶店，没有正宗西餐厅，没有海底捞，没有德克士，没有休闲健身的场所，没有城市里的灯红酒绿，没有……有人说："在这个地方待一天两天三天一年都可以，但要让我长久地住下去，我无法想象，也不敢想。"

当妈妈得知我的苦恼时，开导我说："我也知道你的想法，但现在的社会，找一份各方面都合心意的工作不容易。既然通过奋斗考上了，你就要好好工作。不论在什么地点，都可以培养和锻炼你的能力。时间是最宝贵的财富，你要珍惜它。也许女孩子最美好的青春年华，你就在边远的县城度过了，但韶华易逝，只有让知识不断充盈内心，才能从内而外体现出真正的美。孤单让人成长！"

是啊，业余时间我少了玩伴，少了娱乐，但我多了学习知识、学习技能的时间。看一本书，学一门乐器，计划一下自助旅游的行程，珍惜时间、热爱生活才能让自己越来越强大。

有人说，工作的第一个地方，便是他的第二故乡。在妈妈的鼓励和帮助下，我完成了学生到员工的角色转变，再辛苦的工作干起来也带劲儿，再艰苦的生活过起来也舒心。时间过得很快，一天天一周周一月月就这样滴答滴答地过去了，这些历练和收获将是我人生中最宝贵的财富。

每一颗星星都有它的轨迹

基层是各个组织中最靠下的一层，是和人民群众密切联系、紧密相关的一层。我是一名基层一线的客户经理，日常工作就是宣传订货政策、指导并服务好卷烟零售客户。这看似简单操作性强的工作，实则需要花费不少时间和功夫，因为有的零售户只听得懂佤语听不懂汉语，有的零售户不认识几个字，有的零售户不会使用智能手机。起初，这让我难以理解，心想，处在网络时代，汉语已经成为通用语，没想到祖国西南边陲竟有这么一个闭塞的"世外桃源"。

周雪梅

159 .

晚饭后，和妈妈开视频聊起这事儿，对妈妈说好羡慕毕业后选择出国留学或者留在大城市工作的同学，他们像是走在时代的前列，但我处在时代的末端，悬殊的差距让我很是失落。妈妈的眼中有点湿润了，却开导我说："每一颗星星都有它的轨迹，鱼和熊掌不可兼得，既然选择了就要坚定地走下去。不妨换个角度想想，在那儿你可以把自己知道的新事物都传授给不懂的人，他们学会了的同时，你自己是不是也会收获同样的成就感？"妈妈的一番话，让我豁然开朗，从此以后，除了做好分内工作之外，我还教零售客户使用微信扫码支付、手机银行转账、网络营销等，好像是挖掘了自己做老师的潜力一般，由此也收获了不少零售户对我的肯定。

晴空一鹤排云上

繁星忘不了夜的陪衬，江河忘不了源头的奉献，花木忘不了风雨的洗礼，孩子忘不了母亲的教诲。妈妈，女儿如今已经从一个不懂事的小孩子成长为一个亭亭玉立的少女了，渐渐懂得了你和父亲的用心良苦。俗话说："鸦有反哺之义，羊知跪乳之恩。"更何况你们为我付出的不仅仅是"一滴水"，而是一片汪洋大海。我应该怀着一颗赤诚的感恩之心来回报你们。是你们赐予了我生命，让我看到了世界的绚丽多彩；我要感谢你们，是你们一直用温暖的羽翼保护着我；我要感谢你们，是你们一直赐予我力量与勇气，是你们对我永不言弃；我要感谢你们，是你们一次次在十字路口为我指明了前进的方向，你们更是我停泊的港湾……

大学毕业后，在这里工作生活快两年了。也许是工作的充实填补了想家之苦，也许是生活的单调沉寂了内心的浮躁，从学校步入社会的道路上，妈妈是我的良师益友，让我懂得"宝剑锋从磨砺出，梅花香自苦寒来"，厚积而薄发的道理，让我一步一步踏实地走在我人生的轨道上。

谢谢您，我亲爱的妈妈。

付蓉彬

　　付蓉彬，女，彝族，云南省普洱市人。曾在公安战线从事过刑侦、治安、痕检等工作，用警察的身份维护正义，用作家的良知来传播悲悯与敬畏，用女性的敏锐来捕捉光与影的绚丽。多年来坚持"非虚构"创作，作品涉及小说、散文、诗歌及摄影，创作的小说《女警》《鸡王鸡后》，报告文学《公安局长传奇之孤胆英雄》《开往边境的高尔夫》，诗歌《刑警的脚步》，散文《普洱栈道》等发表在《人民公安》《现代世界警察》《云南法制报》等国内外刊物上。

此心安处便是吾乡

在一次品茶时，听友人说起太阳河国家森林公园，她说，太阳河的美，是说不完道不尽的，可化用一首诗来形容："南方有家园，绝世而独立，一笑倾人城，二笑倾人国，宁不知，倾城与倾国，家园难再得。"这是一处非到不可、非看不可的绝世美景。听罢，作为一个普洱人我深感惭愧，如此美景却被辜负，不由从心底萌发出一睹芳容的冲动。心动不如行动，春节期间，我驶上了前往太阳河的路。

车子沿着曲曲折折的沿山公路驶向太阳河国家森林公园。清晨的路，湿润而又花香四溢，让人心旷神怡。虽只是初春，但已是满目的春色。路经一处叫茶博园的景点，经不住满山绿色和沁人心脾的茶香的诱惑，将车停稳后，急不可待地融入这满山的春色。茶山的绿不是单调的一色，而是由上到下层层叠叠的，深绿、墨绿、浅绿和嫩绿交织在一起，满目青翠。而更叫人惊艳的是，虽才开春，那一株株樱花却已齐齐绽放，开得如此欢畅，如此妖艳。茶园中只留下两种颜色，一半燃烧似火，一半沸腾如翠，艳绝三春的姿色，洗尽了无垠的波光，构成一幅美轮美奂的画卷。

正陶醉于春光中，一转身看见一名老者背着竹箩筐穿梭在茶园间，他身着鲜丽的民族服饰，与绿色背景十分相衬。钟情于拍照的我忍不住拿起相机拍了几张，然后又觉得老人的位置不太理想，试着说服他调整了一下方位。老人倒也不烦，乐呵呵地任我摆拍。拍完之后，出于感谢，我拿出几个随身携带的苹果给老人。老人看着水果，笑盈盈地接了过去，捧在手心使劲闻了闻，说："昭通苹果呢。"我应了一声："集市上买的，商家说是昭通苹果。"老人说："苹果呢，只有昭通的才有这种香味，而茶叶呢，只有普洱茶最香最醇。我是从昭通搬过来的，自然晓得。"听罢，我觉得好奇，一个外乡人怎么会对普洱如此眷恋，便忍不住与老人攀谈起来。

老人说，他姓龙，家就住在太阳河原始森林公园旁边的柏木河村，是一名村干部。全村有4000多人，其中2000多人来自昭通，是一个地地道道的移民村。他清楚地记得，移民到普洱倚象镇柏木河村的那一天是1998年3月1日，当初因为昭通老家山高坡陡，土地贫瘠而又缺少水源，政府动员他们全村迁移到普洱这边来。到现在已经整整18个年头了。说到这儿，他朗朗笑道，我现在已经习惯了说普洱方言，唱普洱山歌小调，还特别爱跳当地的"三跺脚"。见我不太相信的样子，他脱口唱出："高一台来低一台，蜜蜂采花顺山来，蜜蜂只为采花树，阿哥只为阿妹来。"这调子我是熟悉的，是普洱有名的山歌调，在民间婚嫁和广场舞中很流行。这让我感到更加好奇，是什么魔力让老人把普洱这个第二故乡当成家乡，又是什么让老人如此热爱这片土地。

随着交谈的深入，老人告诉我："刚来到柏木河村时，除了分得房子和茶地外，我们这群背井离乡的人对当地情况一无所知。整个移民寨子的人，由于担心和害怕，有强烈的自我保护意味，只相信家族和家庭，不轻易与本地居民交谈或交往，也不跟政府干部打交道。只要发现有外来人进寨，全寨子人马上把来人团团围住，不相信他们说的，也不同意他们的做法。什么政策、法律不如族长说了算。为了减少与外界接触，村里的孩子也整日被关在家中或带到山上去采茶、放牛种地，就是不送到学校接受教育。当时，家中的两个孙子都到了上学的年龄，但顾虑到汉语说不好和生活习惯不同，害怕到学校被人欺侮和嘲笑，也就一直在家做家务、干农活。后来，学校的老师来到家中，一再劝说适龄儿童必须上学，不然就是睁眼瞎，白白害了孩子。我记得那几个老师年龄都不大，有男有女，只要看见有适龄儿童，他们就去劝说，见村民都不吭气，干脆就在寨子里住了下来。最后，族长和族人经不住软磨硬泡，千叮万嘱中把孩子交到老师手中，由他们带回学校接受教育。"

付蓉彬

　　我心一急，追问道："那后来呢？孩子们怎么样了？"老人看我一脸紧张，用手示意我不要着急，笑笑继续说："大孙子书读得好，考上了省城的大学，回来后当了一名医生。寨子的乡亲们出去看病什么的都去找他呢。现在寨子里的乡亲们，都争着让孩子去上学。大家都明白了这个道理：只有读书好，才出得去，才能找到好工作。但是我，这辈子就守着太阳河，哪儿也不去。"我更加惊讶，对于乡下人，能进城享福是多大的福气，而为什么老人却对这个不感兴趣？难道守在山里有什么意义？

　　老人见我疑惑，就解释道："我舍不得这山、这水、这人。我虽是一个农民，没看过什么世面，但我知道，再也找不到比这里更好的山水和亲人了。"我仍不解。老人又说道："我们迁移到普洱，其实是上天对我们最大的恩惠。自从来到普洱，这里的山水养育了我们，这儿山清水秀，地肥水美，民风淳朴，气候适宜，日子过得很舒服。如果让我再选择，我仍然还是选择普洱，选择这块风水宝地。就如之前所说，我们刚开始搬到太阳河畔的柏木河村，也不是很乐意。村子和村民都很封闭、很落后、很自卑。但后来，孩子们到外面学习、生活之后，觉得学校的人很好，老师和同学们对他们一视同仁，过得很开心。再后来，政府和辖区派出所的人也来了，给我们修路、搭桥，帮我们找项目、找资金，让我们脱贫致富。就在前不久，我们最偏远、最闭塞的大地山移民村，在辖区派出所同志的帮助下，由县政府和县公安局共同出资几十万元，由村民投工投劳进行道路硬化，告别了'晴天一身灰，雨天一身泥'的历史。"

　　说到这儿，老人很自豪地说道："虽然我们是移民，但这儿的人没有歧视我们，没有欺侮我们，更没有放弃我们，让我们觉得很温暖、很幸福。特别是我们柏木河村，就在太阳河原始森林旁边，俗话说，靠山吃山，靠水吃水。我们是占尽了天时地利人和。森林一年四季都是宝，春天可以到森林采摘各种野菜，夏天可以捡拾上百种食用野生菌，秋天可以去采摘各种野果，冬天可以去挖采各味中草药。而这些，都算得上是山珍野味，乡下人爱吃，城里人爱吃，听说这儿的野生菌、黑节草畅销国内外呢，一年也给家里增加了上万元的收入。再说居住，城市会有这里舒服吗？我们这儿有太阳河十万亩原始森林，空气这么好、这么新鲜，心情自然好，身体自然棒，为什么我还要去城里住呢，这明明是有福不会享受嘛。"说到这儿，他又大笑几声，接着说："城市里会有这十万亩大的公园让我去溜达吗？会有这十万亩浩瀚林海绿浪让我欣赏吗？会有这十万亩的森林屏障，挡着风沙，挡着雾霭，自然调节温湿，自然过滤污染，做到冬无严寒，夏无酷暑吗？会有这十万只珍禽异兽陪伴着我吗？当然没了！正如古人所说，采菊东篱下，悠然望南山。我是采茶东篱下，悠然望太阳河。那种幸福，不是人人都能感受得到的。现在我们这儿山好，水好，人好，真是越住越想住，正如今天你来一样，明天还会有他来，来观光游览的人也越来越多了，我们的土特产也越来越好销，日子也就会越来越好。这样的好地方，难道我还会舍得离开吗？"

　　听罢，我陷入久久的沉思中。所谓身未动，心已远。对于太阳河，虽素未谋面，但已心灵相通；虽未亲密接触，却早已芳心暗许。老人似乎看透我的心事，说道："我带你看看太阳河吧。"说完，带着我爬上茶博园最高点的问茶楼，用手指着前面连绵起伏的群山，自豪地对我说："那就是太阳河！那就是我所说的十万亩公园！十万亩粮仓！十万亩林海！十万亩宝库！"此时，太阳正从太阳河森林上方冉冉升起，霞光万丈，万鸟翱翔，整个森林生机勃勃。不知不觉间，我脑海中出现一幅画面，醉翁需要一座琅琊，好山好水与人同乐；李白需要一座天姥，一梦吴越飞渡镜湖。而家乡，因为有了太阳河，有了这方净土，则让旅人得以心安，让身心回归自然，让心灵得到洗涤，让灵魂得到休歇。

　　太阳深处，就是我家；此心安处，便是吾乡——这就是家乡，你我的安心之所。

付蓉彬

普洱街景

曾经有一位世界旅游组织的专家感言：普洱是一个诗情的城市、浪漫的地方，就连空气都洋溢着浪漫。

普洱的城虽小，方圆只有 19 里，却是东有碧波清潭，南有万亩茶园，北有茶马古道，西有群山叠翠。普洱的街虽少，却是历史悠久，清新脱俗。有历经千百年沧桑的茶道，有世代相传的茶艺，有富有少数民族特色的茶楼，更有绵绵不绝的茶香。来到这个地方的人总忍不住被她深深地吸引，愿意在这样一个美丽的地方放松自己流浪已久的心。

普洱的街道，最有个性的有两条，一条是振兴大道，一条是茶城大道。振兴大道沉淀着老普洱的历史，像一杯陈香的普洱茶；而茶城大道体现出普洱城新的生机与活力，像一杯清新的春茶。二者一老一新，各具特色，可谓是一步一景，步步是景，处处是情。

振兴大道，顾名思义就是要振兴普洱。今天的振兴大道就是昔日历史上有名的茶马古道，可谓是千年古道了。普洱曾富甲一方，名扬天下。关于普洱的记载大多与茶有关，可追溯至唐代，据清代阮福《普洱茶记》记载："西蕃之用普茶，已自唐时。"唐代就已经设有开南、银生节度，管辖普洱、西双版纳、临沧等地，当时普洱茶已行销西蕃。宋代，普洱成为茶叶交易重镇，普洱茶成为"易西蕃之马"之物。元代，普洱属于元江府辖地，普洱茶已成为人们在市场交易中的重要商品。明代，普洱是今天普洱市、西双版纳一带的政治、经济中心，普洱茶已作为一个专有名词出现。清代专门设置了普洱府，下设海关和茶叶交易市场，普洱茶被列为贡茶，普洱及普洱茶从此名扬天下。历来就有"金腾冲，银普洱"的说法，这足以看出昔日普洱的繁荣昌盛，万人瞩目。而历史的辉煌却经不住岁月的变迁，近现代耻辱、衰败的中国历史也是普洱的耻辱衰败史。普洱一度是全国有名的特困地、特困县，成为贫穷、落后、愚昧的象征。忆往昔，普洱在默默叹息，悄悄流泪，叹惜古道无人来访，叹惜山珍灵药无人能懂，叹惜神草无人来嗅。面对昨天普洱的灿烂与辉煌，重振普洱雄风成为普洱人民的追求与向往，故振兴大道之名也寄托了一代又一代普洱人的希望与梦想，承载着普洱人太多的情感与寄托。

振兴大道又称"振兴路"，分为振兴中路、南路和北路。记得小时候，我家住在振兴大道旁的民航路上，每天上学必须穿城而过，而所谓的城则是指振兴路了，因为当时普洱只有一条街就是振兴路，每天能看见许多车辆、人群、琳琅满目的商店及听到流行的歌曲，在我幼小的记忆中这些只有振兴路上才有。不管什么人出门办事购物，首选便是振兴路。实际上，整个普洱当时也只有振兴路上有百货大楼、医院、银行、邮政局、五交化店、招待所和饭店之类的购物场所、公共场所、医疗机构、通信设备及政府机关等，因为独一无二，才使得振兴路与普洱人之间结下深厚的感情。那记忆也正如街道两旁那一棵棵粗壮的香樟树，一年四季郁郁葱葱，青翠欲滴。树枝表面虽已被层层的青苔所覆盖，一树一树像穿着一身身嫩绿的春衣，透过斑驳的阳光，悄无声息地又增加了香樟树的厚重之美，更让人觉得每一棵树都在述说着悠悠历史，每一片叶子都铭刻着古老的故事。等到春夏香樟树开花结果之际，道路上荡漾着沁人的花果香，可谓是香气袭城，香味悠长。不仅如此，有了这一树树绿伞的庇护，即使是在炎炎夏日，人们也能悠闲地在街上闲游，远离酷暑的炙热，这或许就是振兴路深受普洱人民喜爱的原因之一吧。

更可贵的是，离振兴路这个城市中心黄金地段百米之遥建有两个万人广场——红旗广场和世纪广场。其中，久负盛名的是红旗广场，广场南侧立有普洱标志性建筑——红旗会堂。它始建于20世纪

付蓉彬

50年代，这座虽不大也不奢华，中欧式风格，略带些陈旧的会堂，却在普洱人心目中占有一席之地。曾几何时，每当会堂举行会议或演出，当清晨的第一抹阳光照到会堂或华灯初上时，城里的或是乡下的，本地的或是外地的，纷纷来到会堂旁，有白发苍苍的老人，有呀呀学语的小孩，有红男绿女，有学生、农民、工人、干部，他们操着不同的口音，穿着不同的民族服装，把会堂围得水泄不通，而挤在最里面的则是准备参加会议或演出的代表和演员。特别是那些上好妆的演员，穿着美丽的衣裳，一个个艳丽多姿，厚厚的脂粉掩盖不住一脸的骄傲与自豪。而围观的人们，为一睹芳容，在人潮中挤来挤去也不觉得苦闷，眼里流露出无限的羡慕和渴望。等演出开始后，演员们已经入场，而会堂外面的观众并没有散去，而是一个个、一簇簇、一群群或站或蹲在会堂周围，随着会堂内声音的传出，人们几乎只有一个表情——全神贯注，凝神屏息，侧耳倾听，哪怕只是能听到从会堂内传出的只字片言或是若有若无的音乐声，都显得那么如痴如醉，尽管声音不那么清晰，尽管不能见到表演，但脸上仍然写满无穷的乐趣和满足。更有那么几个胆大的，则沿着水管或墙壁爬上窗户两侧，透过玻璃向里面张望，然后一个个装模作样，故意大声喊道："看到了，看到了，有人在跳舞呢，是印度舞，真好看！真好看！"就这么一声吆喝，下面的人蠢蠢欲动，更伸长脖子往里面张望，仿佛这声音能把他们带进会堂，能看到那一出出精彩的表演。那时候，在普洱人心中能进入会堂参加会议或演出的意义不亚于进入人民大会堂或维也纳演出厅庄严、神圣，会堂一定意义上成了普洱的象征和代名词。可以这么说，在普洱，无人不知红旗广场，无人不晓红旗会堂，它在几代普洱人心中留下了不灭的记忆，早已成了这个城市不可或缺的元素。

而振兴路另一端的世纪广场，除了每天上演颇为壮观的万人广场舞之外，一组名为"妇女制茶"的铜雕塑像同样引人注目，亲情味十足。雕塑栩栩如生地再现了普洱这个世界茶文化的发源地和茶树的原产地以及当地妇女在制茶过程中的情景。它向我们展现了一幅温馨的画面，茶叶青青，芬芳四溢，孩童绕膝玩耍，憨态可掬；勤劳善良的母亲寓教于乐，在浓浓亲情中将制茶的手艺代代相传。此情此景，刻画出普洱寻常百姓家对茶的喜爱和深厚的情感。

振兴中路市医院附近还有一奇观，当地人称为"燕之树"。每天傍晚时分，上万只燕子密密麻麻地聚集在街道两旁的香樟树上，放眼望去，都是燕子的身影：它们时飞时落，时起时伏，整个天空只见黑压压的一片，如同变幻的流云，时东时西，时南时北，时高时低，时远时近；更像一个个跳跃着的灵动音符，赏心、悦耳。特别是到晚上，觅食归来的燕儿们栖息在路边的香樟树上，常常一棵树上就有成百上千只燕子，"万燕归巢"成为一道独特的风景线：树上是鸟儿的世界，它们或打闹嬉戏，或相依相偎，或窃窃私语，或独处其身，怡然自得；而树下，是人类的世界，熙熙攘攘的人群，琳琅满目的商品，车水马龙，生机盎然。树上树下，两个世界，互不打扰，互不干涉。让你从心里不由得惊叹和喜欢这和谐的生态、和谐的街道、和谐的美景。

在振兴大道南段，还有一个倒生根公园，它因长有一棵当地称为"倒生根"的大榕树而得名。此树已有 800 余年历史，榕树的东边硕果满枝，榕树的西边青枝绿叶，呈现出"一树春秋"的独特景观，实属罕见。更难得的是，这株参天古榕枝连着枝，根连着根，叶挨着叶，绿绿的叶子下面，大树小树紧紧地拥抱在一起，大根小根密密地纠缠在一起，亦如一家人手牵着手，肩并着肩，脚跟着脚，相亲相爱，相濡以沫，直至地老天荒。亦像是一个家族，四世同堂或是多代同堂，风雨同舟，携手共进。你中有我，我中有你，相亲相爱。更像一个民族，血脉相连，风雨兼程，繁衍生息，生生不息。

茶城大道，是近年所建的一条充满普洱茶气息的特色街道。它得名于普洱被冠以"世界茶源，中国茶城，普洱茶都"这一美誉，街道透露出普洱与茶的不解之缘。逛茶城大道，最让人难忘的是街

付蓉彬

道中央的绿化带上种满密密层层的茶树，这些茶树大都被修剪得整整齐齐，只有其间点缀着几株自由生长。如同一个精心打扮过的曼妙少女，不经意间露出的粉藕酥胸，更是让人回味悠长。特别是当一场春雨之后，茶园青青，似乎每一阵风，每一滴雨，每一缕阳光，每一颗露珠，带来的都是香。茶香、花香、草香、树香、果香、泥土香，还有仿佛来自远古的普洱茶的芬芳，清香弥漫了整条街道，让人似醉非醉，似梦非梦。而那嫩嫩的，绿绿的芽苞在春风的轻拂下，让人禁不住去亲吻她，抚摸她，刹那间，感觉自己是站在那高高的茶山，远离凡尘，伴着朝阳，伴着晨曦，伴着清风，唱着山歌，采摘着幸福，采摘着希望。而行走在茶城大道，就好像进入另一个世界，全然没有城市的喧嚣和繁杂，只有树，只有花，只有陶醉。而那满目的绿和花，则处处都是，遍地都有，整个绿化带从表层的碧草到中间各种四季盛开的鲜花，再到上层郁郁葱葱的阔叶林、针叶林、常叶林，层层叠叠，黄中有红，红中有粉，粉中带紫，紫中带绿……各种颜色相互交错，如同一个调色板，五颜六色，有种"乱花渐欲迷人眼"的感觉，再加上道路两旁少数民族特色的楼台水榭相呼应，那种浑然一体的感觉，此景只应天上有。

逛茶城大道有一景是不得不看的，那就是位于洗马河十字路口正中的一棵千年古树。据老人们说，关于这棵古树有一个动人的传说。当年，有一个当地的穷秀才要上京赶考，希望能金榜题名，出人头地，于是就到庙里去进香、许愿。因为他很穷，没有钱上供庙里，就在殿前种下了一株树苗，并许诺说功成名就之后一定要回来重塑金身。精诚所至，金石为开。后来书生高中榜首，这棵树就被当地人称为"发财树"。在修建茶城大道时，人性化地绕开古树，把它保存下来，才能在后来无论从哪个角度往北眺望，首先映入眼帘的就是这棵郁郁葱葱、雄伟壮观的古树，这也成了普洱人民的骄傲。只是 2013 年的一场大暴雨，雷电交加，狂风肆虐，将古树击倒，但路口至今还遗留有古树粗壮的树根及庞大的根须，现古树根又重新长出茁壮的新枝，萌发出勃勃生机，真是"沉舟侧畔千帆过，病树前头万木春"。

　　夜幕降临，此时茶城的最好伴侣便是茶了。而坐落在茶城大道中段的茶源广场是品茶、斗茶、论茶、购茶最好的去处。茶馆没有炫目的招牌，没有诱人的广告，更没有迷人的霓虹灯和喧嚣的人群。只有郁郁葱葱的碧树红花和静静坐落着的一家家青砖碧瓦、古香古色的茶馆，她们如此安静地等待着你的到来，恬静得如同普洱茶，无须多言，唇齿间回味悠长；无须献媚，眉目间清新脱俗。无论你步入哪家茶馆，不取分文，店内自有清秀的小妹，用娴熟优雅的手法，为你泡上一杯醇香的普洱。在悠悠的茶香中，让你充分了解这座城市，融入这座城市，有种"人生若只如初见"的感觉，妙不可言。品茶之余，在浩瀚星空下，璀璨灯光中，信步逛逛茶城大道，微风拂面，神清气爽，在温暖七子饼灯下，回味着缕缕茶香，脑海里不知不觉浮现出"七子拜寿"的画面：相传，在原普洱县（现宁洱县）凤阳乡困卢山，有一卢姓人家，家有七子一女，长子哀牢、次子布朗、三子基诺、四子阿佤、五子爱尼、六子拉祜、七子无量和小妹哈尼。因爱茶如命的父亲与茶结下不解之缘，要七子继承祖业，以茶业为生。但家境贫寒，他们无力购买土地山林，无法实现老人的愿望，老人一气之下卧床不起，危在旦夕。七子无量为救父亲，就到离家很远的原始丛林里给父亲采药，无意中发现一棵很大的茶树，他心想，父亲一生爱茶，何不采点回去了却他的心愿呢？于是无量就采摘了一些大茶树的鲜叶，回家后煎出茶汁给父亲喝，老汉喝此茶后悠悠醒转，之后坚持服用，病居然好了。受七子无量采野茶的启发，他每天叫七个儿子分头到深山采茶。从此，七兄弟每天背着竹篓，翻山越岭四处去采摘野生茶叶，他们顺着澜沧江流域越走越远。日久天长，兄弟七人各自有了自己的采茶线路和区域，并就地和当地姑娘结婚、生子，各据一方。七兄弟在各自所属的地域生息繁衍，子孙后代都种茶，并带动当地山民种茶，这便形成了

付蓉彬

长子哀牢山、次子布朗山、三子基诺山、四子阿佤山、五子爱尼山、六子拉祜山、七子无量山等七大产茶名山。而山高路远，七兄弟只有每年父母生日时才回到普洱给父母拜寿，这就是历史上传为美谈的"七子拜寿"。七子深知父亲爱茶如命，都将自己采制最好的茶带给父母，由于七个儿子送的茶一个比一个的好，老人十分高兴，倍加珍惜，将每个儿子送的茶用竹壳包扎在一起，只有家中来了好友、上宾，才舍得拿出来招待客人。客人观其色，闻其香，品其味后赞不绝口，问及茶之来源和名称，老人自豪地说："这是我的七个儿子送的。"日久天长，"七子拜寿"和"七子饼茶"在当地传为佳话，象征团圆和崇尚孝道的美德。而"七子饼茶"亦因其品质上乘，寓意美好，以及便于携带和收藏在普洱茶中独树一帜，久盛不衰。此情此景，当你路过一盏盏七子饼灯时，你会不会思念家中的父母，思念家中的亲人，期盼把真情和祝福一路带回？此可谓普洱茶香，情深意长。

其实，普洱美丽多情的街道不仅仅只有这两条，有成百上千条，每一条都让人如痴如醉，流连忘返：如林源路上的紫薇花海，石龙路上的凤凰映天，茶苑路上的茶园晨曦，勐卡路上的神秘佤山，墨江路上的哈尼长街宴……每一条街，每一条巷，都有各自的灵魂和特色，都有自己的故事和风景，均是一幅幅美丽的画卷。而一条条街道、一条条小巷则汇成了一个魅力的普洱，妙曼的普洱，大美的普洱，天下的普洱。

糯干山寨的梵音

一个细雨绵绵的午后，我走入景迈山糯干山寨，湿漉漉的石板路，湿漉漉的空气，湿漉漉的发梢，湿漉漉的双唇，湿漉漉的心情，干净纯洁、碧绿芳香的空气中飘着诵经声，若隐若现，若有若无，似烟似雾，似梦似幻，在蒙蒙细雨中静静地拨动心弦，如天籁般美妙。时光就定格在那一刻，梵音穿透我的心灵，贴近我的灵魂，一阵阵，一场场，如细雨淅淅沥沥下个不停，如呼吸息息相通，更如心跳声声不息。

但凡名山大多伴有名寺、名茶，禅茶一味。佛门净地与茶的静心似乎有着千丝万缕的联系。糯干也一样，与茶，与佛结缘，充满禅味和茶味，充满灵性和悟性。在傣语中，糯干为"鹿饮水的地方"，民间盛传为金马鹿饮水的神池。据糯干村民波岩虎的两本傣文化资料记载并经考证，传说傣族祖先在一次狩猎之时，被一只金马鹿指引而来，人慢它慢，人快它快，经过几天的跋涉，来到景迈山时突然消失不见了。先人发现这里地势平缓，山峦叠翠，山川秀美，天蓝水碧，气候适宜，就带族人迁移过来，于是就有了景迈这个名字。傣语中"景"是指新，"迈"指城，"景迈"也就是新城的意思。有了景迈，也就有了景迈这片土上地繁衍生息的子孙后代，有了傣家山寨——糯干。

关于糯干，也流传着一个美丽的故事。据说濮人祖先叭岩冷在景迈山迎娶了傣王最美丽的七公主，两人情投意合，缠缠绵绵，擅于种茶制茶的叭岩冷，为了让族人及子孙后代不受疾病困扰，怀着对公主、对子民、对后代深深的情和深深的爱，与七公主不顾严霜烈日、风狂雨暴，手挽着手，心连着心，在满山遍野中种下一株株

付蓉彬

茶苗，种下爱情，种下甜蜜，种下忠贞，种下祝福，种下希望，如同自己的孩子一样呵护他们慢慢长大，与茶为盟，与茶为伴，与茶为友，与茶为食，并在死后留下遗训：留下金银财宝终有用完之时，留下牛马牲畜终有死亡之时，唯有留下茶种方可让子孙后代取之不尽，用之不竭，要像保护自己的眼睛一样保护茶山。如今，景迈山已跻身中国六大名山之列，正在申报世界非物质文化遗产，景迈茶也早名扬四海，香飘万里。不变的，只有景迈山上依然供奉着的茶祖叭岩冷的庙宇和七公主亭；不变的，只有山里山外四处传唱着的不朽的爱情；不变的，只有那千年的佛寺，千年的傣寨，千年的古树，静静地隐藏在密林深处，茶林之中；不变的，只有佛寺里的梵声，在秋后的开门节中响起，在春前的关门节中响起，在傣家的小河边响起，在茶树的灵芽尖响起，在绿油油的稻田里响起，在金灿灿的谷粒中响起，在晶莹的露珠里响起，在点燃的蜡条中响起，在欢乐的人群中响起，在圣洁的同心锁上响起，声声入耳，在红尘飞扬的世界里，坚守着自己的信仰，坚守着自己的信念，守着自己的孤寂，独自绽放。

就在这个细雨绵绵的秋后，品着醇香的普洱，伫立在雨中，我久久凝望佛寺，没有进去，只是听任浑厚的鼓声响起，清脆的木鱼响起，朗朗的诵经声响起。缕缕梵音萦绕在山寨，萦绕在枝头，萦绕在心间，只感觉到空与光相融，与紫烟相缭，梵音入耳涤荡尽胸间尘垢，悠远无穷。脑海里不知不觉浮现出一个画面：万籁俱寂，唯余钟磬音。袅袅梵音，温馨绵绵，在这繁乱的世间，这一片净土，这一湾静水，这一块净地，无疑是一幅最恬静唯美的画卷。在糯干的山水间，梵音里，你能找到最纯净的天地，最纯真的心，最纯洁的灵魂，最纯美的自己。唯有梵音，空灵，悠长，深远，回荡在来世，回荡在今生，回荡在你我之间。

（写于2015年七夕）

普洱栈道

普洱的栈道，秀丽而多情，悠久而深远，随处可见，随意可走，从山脚到山顶，从城南到城北，从湖边到林间，从湿地到公园，从茶园到果园，环山而绕，傍水而行。一条条栈道犹如一双双温柔的手将山水天地连为一体，将青山远黛拥入怀中，让人们更加惬意地享受自然，享受美景，融入栈道的四时美景中。

春的栈道，春色满园。阳春三月，春茶萌芽，各种绿色竞相争艳，一眼看去都是层层叠叠的绿，树根的墨绿、树枝的深绿、春芽的嫩绿，依次排开，层层加深加重色彩，远远望去就像一根根玉带缠绕在山间，万亩茶园舒展成一幅绿色的画卷。近观，那一抹新叶十分清新可爱，清香陶醉，那醉人的绿更是如同一块绝美的翡翠铺开在茶树上，翠绿满目。

夏的栈道，芬芳四溢。绿色茶园中分布的桂花树开出淡黄色的小花，远远望去像一颗颗珍珠洒落在碧玉盘中，煞是好看，微风吹来，将桂花和茶叶的香气送入鼻中，更是沁人心脾，令人心旷神怡。步入林间，那些知名的、不知名的野花，红的、白的、黄的、粉的、紫的、蓝的竞相开放，好一个香气氤氲的香水城。

秋的栈道，色彩斑斓。秋叶经过秋霜的浸染，思茅松、香樟树更加青翠，而一些杂木、灌木则透出黄色、红色或是棕色，整个树林五彩斑斓，如同一块调色板，不经意间调出各种美丽的色彩，而那一湾清澈的湖水，宛如明镜将那五颜六色的山倒影在碧水蓝天之中，构成了一幅无与伦比的风景画，让人不得不赞叹这大自然的曼妙之美。

冬的栈道，温暖如春。普洱的冬天是不下雪的，只有雨和雾，

付蓉彬

湖边笼着层层的雾，说是雾，其实更像雨，轻轻的、柔柔的、细细的、凉凉的，洒在脸颊、鼻尖、嘴唇、发梢，如同一个顽皮的孩子，亲吻着你，抚摸着你，引你入怀，沿着栈道一步步向她靠近，由浅入深，越往里走雾越浓，浓得似乎化不开。湖心深处层层叠叠的雾，仪态万千，似万马奔腾，似滔滔江水一泻千里，似游龙戏凤，似龙腾虎跃，变化莫测，美不胜收。

晴天的栈道，从清晨到日落，随处可见散步、谈心、旅游、健身、拍照的人们，或一人拾级而上，远离城市的喧闹，独享那份恬静与安详；或与恋人相依相偎，呢喃细语，湖光山色间，尽享那份甜蜜与浪漫；或举家而出，共享天伦之乐，在青山绿水间，多一份温馨和幸福；或结伙而行，欢歌笑语，海阔天空，畅谈人生；或汗流浃背，强身健体，挑战自身的耐力与极限；或登高远眺，倾听风声，看草长莺飞，看层林尽染，看旭日东升，看花开花落，沉醉于光影之间，记录下美好瞬间。

雨天的栈道，那种滋味也是妙不可言。雨天沿着湖边缓缓而行，撑着雨伞，光着脚丫，伫立在湖边，看雨滴落入湖面泛起朵朵水花，节奏或快或慢，或轻或重，或急或缓，如同弹奏一曲小夜曲，又如同欣赏一场交响乐，丝竹声不绝于耳；或坐在听雨轩中，感受那百花的芬芳，那透彻的清凉，整个世界干净而透明，纯粹得只剩下栈道和你，宛如仙境。

普洱栈道，是普洱一道独特的风景线。信步走走，湖光山色间，碧水蓝天里，万亩茶园中，鸟语花香时，她带我们领略了四季的变迁，感受不同的美景，感悟人与自然和谐的美好境界，在不知不觉中走过人间最美丽的风景，走过人生最靓丽的时光。

太氏富

太氏富，本名何为强，1974年生，云南省普洱市澜沧县人。号大院书生、祜山山人。喜钻研哲理，爱好文学。自修书画，兼及摄影。主张写实创新，师造化，不拘古法，创新自立，弘扬真善美，歌颂正能量。

茶城的心跳

躺在茶城中心红旗广场北部的长椅上仰望天空，天是如此的蓝，一朵洁白的云浮在那里，状似俯身降下的凤凰。看着看着，凤凰在蓝色的天穹里折断了翅膀，失去了脖颈，失去了羽毛，失去了尾巴，失去了……整个的在天空中弥散开。

我起身，一辆豪华的越野车在广场北边的民航路上调头，车前窗反射出一道刺眼的光，迅疾地从广场边缘的树木间闪过，之后，马路上只剩下马路，广场只剩下广场。

将发热的皮鞋脱了，晒在长椅前方广场的地面上，让它也享受一番正午的阳光；把外衣折叠了，放在长椅一头的电脑包上，我再次仰身躺下，把头枕在外衣上——整个城市随着我的躺下消失在我的身边，我干脆闭上了双眼。

舒服啊！我的阳光，我的广场，我的茶城！——车声响在如梦的耳朵边，人声响在偶尔风来的耳朵边，世界只有阳光最真实，身上只有感觉最真实。

就这样，我躺在茶城中心红旗广场的长椅上浮想联翩……

——我化作一朵花，我化作一只鸟，我化作一株草。长椅、广场、茶城，我的土地，我来到了你的灵魂里，我追随着风，追随着温暖，和你一起变成节奏强劲的心跳。

——哪一天我死了，茶城的居民们在城市中心的广场上为我塑一尊仰躺着的雕像，雕像的眼睛是闭着的，双手是随意散放在胸前的，头下方依然枕着外衣，外衣下方依然是电脑包，鞋子就整齐地摆放在长椅前方广场的土地上。

周末加班

迈着轻快的步伐跑下房东家的楼梯，哼着自己的音乐出门来到珠市街上，远处似乎有很大的烟尘，走几步才明白这是我来茶城思茅后的第一个有雾的早晨。

心情似乎空前的好！

跳钻钻地行进在花街上，花街的女孩子们已经把大束大束的鲜花摆在了各自店铺的门前。穿过新华书店前方的人行道，来到了被晨雾分出远近层次的红旗广场，近处的树木在晨雾的拥抱下显得湿润而暗自发亮；广场中央高大的茶叶造型雕塑喷泉四周，早起的人们在晨练，他们有的跑步，有的打羽毛球，有的跳绳，有的似乎在散步，当然还有匆忙路过的行人。

我继续前行在去加班的路上。

民航路上的车辆不是很多，骑摩托车的女人们大多脸上围一条围巾，男子们有的把一只手放在裤兜里。街道对面的三星电脑公司前，一个母亲牵着孩子的小手教他大步往前跨；不小心差点撞在迎面而来的两个小伙子身上，他们从我身边轻然绕过，如同绕过一个障碍设施，依然交谈着向前方而去。

周末加班，我在一家姐妹俩开的早点铺吃过米干，来到了办公桌前的椅子上——预备……开始！

太氏富

鸟鸣声中的花园

　　这是一个处于鸟鸣声中的特别的花园，是市林业局办公区给员工提供的放松精神、赏心悦目的休息地。

　　果然是林业局的花园，树木栽种得十分丰富，高低错落，形状各异。曲径通幽的园林间，仍有鸟儿鸣叫着飞过这丛杜鹃，那处绿竹，甚至飞越假山。置身其中，一时间可以忘却诸多事。

　　小路是用卵石铺设的，走在上面，可以感觉到来自大自然的凸凹与亲近。我俯下身子细看，发现一块卵石的白色花纹竟然略呈心形，它的周围分布了密密麻麻的灰色斑点，那样子，一下子让我想到了洛神飞越在洛河的飘逸。我用手指扣了扣石块，确认花纹是深深嵌入卵石的。如此的卵石，如此的花纹，丝毫不逊色于摆放在奇石馆里的奇石。但我也想到，这样的一块奇石，为什么会铺设在这花园中的小路上呢？原因就是，发现这块卵石的人只是一个铺路工人。

　　匆匆走过鸟鸣声中的花园，我回到了车上，因为我知道，上大楼去办事的领导随时都会从楼梯口走出来。作为一个司机，我时刻准备好执行向左向右的命令。

　　——我为什么会是一个司机呢，因为发现我的人是一个司机出身的人。

金谷园的梨花

　　天快黑了，他们还在喝酒。几个有事的人已经走了，于是他们把两桌合成一桌围坐着，又喝酒、又说笑。

　　接了一个打来家人的电话后，我便在院子里散起步来，自然，这种为了避开酒席的散步与那种携着家人或密友的散步感觉大不一样。

　　金谷园是整个高家寨饭店中最蓬勃的一家。我在它的小院中散步，闻着农家小院的味道，赏着农家院落里不大的菜地，于稀稀落落的果树下感受着和所有傍晚一样只会走向夜晚的时光。

　　院外谧蓝的天空渐暗，整个高家寨灯火通明。于这白昼与黑夜的交接点上，正好可以领略一个饮食之寨的美。那些牛铃声声、日落而息的山村小景已经成为过去，取而代之的是这些夜色踱来、华灯初上的饭店酒家；昔时天黑人静的高家寨，而今摇身一变成了光彩照人的晚装女郎。有出出进进、熙来攘往的香车食客，有笑脸盈盈、素手托盘的俊俏服务生。

　　倏然便到最靠里的房檐之下。这里小菜地最多，也最幽静。虽然这个院子一眼便可望尽，但是在这热闹的城市生活中，偏安仍是众生的栖息佳所。我于是细心地领略起这夜色下模糊的菜地来。

　　菜地间的庄稼因为刚出土，我虽然已经俯下身子，但还是看不清。菜地是用砖块围着的，其间还生长着两株杆有拳头大、高枝已过房檐的树木。我仔细看了眼前黑色枝干的一株。这株树木倒是怪，黑不溜秋的树干，枝上竟开着白色的小花。我扶着枝干伸长了脖子去看白色的花——天啊，这不是梨花吗！

　　梨花，这种淡然白色的小花，古人的诗句里长成了"千树万树

太氏富

梨花开"的白雪；在古人的手里长成了千娇百媚的不朽画卷；在那"梨花一枝春带雨"的时候一下子就钻进了古今中国人的内心深处。而我作为一个生活在中国茶城的诗人，怀着被繁华腌泡之后的浸淫之心，又怎么禁得住这黄昏的幽暗中与美的相遇呢。就算你是如此的模模糊糊，但你是梨花啊。在这灯红酒绿的繁华世界里，你依然开着自己千古不易的花。

喝酒的人还在喝酒，说话的人开始说得放肆。无奈这人世间芸芸众生，萝卜青菜各有所爱，我只能走自己的路，人家还得喝人家的酒。或许，这就是金谷园里的梨花给我的最好启示。

高家寨小景

偌大的高家寨农贸市场，只在最边缘的高楼上开着一扇苍白的窗。

市场前方30米的街道上，最懂得自娱自乐的就是那些霓虹灯，它们把光线抛到地面，又抛到地面。

街道中间，不是冷清也不是热闹的车辆来来、去去。

街道两边，行人不多。

市场正门前距我不远的场地上，一个男子抱着怀中的婴儿站立，两个孩子绕着他们嬉戏。他们身后，四个女孩子轻快地从远处走来，一例地穿着白色衣服，一例的长发，只是其中两个穿了裙子，另外两个穿了牛仔裤。当她们说笑着从我身边走过，听到她们说着浓重的方言。我心底一笑——呵呵，这就是咱们普洱的女孩！

我闭上眼睛，把头抬得老高，几乎整个身子都往后仰了。就这么用微启的嘴唇和鼻子呼吸，再呼吸，感觉有一股苍茫的气息穿过头颅，沿着身体两侧向下流淌、向下流淌。于是像淋雨的狗儿猛烈地摇摆身体，把这股气息如雨水般抛洒向身体的四周，抖落的似乎是满身的尘埃。

当我再次定睛细看，抱孩子的男子已经不知去向，两个嬉戏的孩子也没有了踪影。再次映入眼帘的是一对向着远方而去的母女，以及一对相拥越过街道而来的情侣。突然间，我感觉到有一种人世无常的苍凉。

——漫漫人生路，众多的人就是这样地来来去去！

太氏富

183.

腊梅坡

飞燕用鸣叫享受夕阳，夕阳用颜色享受傍晚，傍晚用雾霭享受炊烟，炊烟用舞蹈享受腊梅坡。

我席地坐在腊梅坡的高处，阵阵晚风吹拂着我的身体、发肤、衣裳、鬓角。用笔在本子上写下腊梅坡三个字，似乎古往今来多少关于梅花的风流韵事，以及那些梅花开满枝头的烂漫，或是洒家诗兴横来的豪迈，通通显现眼前。

快哉！

初次认识腊梅坡，是随朋友来腊梅坡参观新房。

一脚踏进腊梅坡，看到那些整齐排列、颜色素淡雅致的民族风格建筑，根本无法与农家两个字联系在一起。经朋友介绍才明白，原来，这些农家本都是市区的住户，因为配合政府的开发项目，所以搬迁到这里来。

主人家姓李，男主人因为伤了脚坐在客厅，女主人在厨房忙碌，他们的儿子和女儿招呼往来的客人。因为是纯粹地做客，所以我们一下车，便被引领到一桌刚刚散了客人的桌子前坐下。人很多，看得出主人家的人缘和寨子的和谐。菜饭很快就端出来了，有新鲜的猪肉汤锅，飘香的腊肠，青嫩的菜蔬，以及味道纯正的农家米饭。我们一直玩到天黑，朋友已经喝醉了，我开他的车送他们回家。

再次来到腊梅坡，便是这个轻风吹拂的傍晚。

腊梅坡地处普洱北部城区茶马古道的出入路口，是茶马古道上徒步旅游最理想的休息场所。适逢三八妇女节，为了表示对女同胞们的尊重和爱护，单位组织了走茶马古道的活动。白天我将她们送到思磨公路的白嘟祺，她们从那里进入茶马古道，徒步走大约两三个小时，便要从腊梅坡出来。所以我直接转回腊梅坡，定了饭菜等着她们归来。

腊梅坡的饭店还不是很多，只有5家。路口的3家停放了很多的车辆，所以我找到了地处高处的赶马锅头饭店。这里虽然也预订了十桌的饭菜，但是相对来说还是清静了些。

据主人家介绍，"赶马锅头"即是指马帮里负责管理的马锅头，亦是四道菜的名字："赶"是指"橄榄煮猪心肺"；"马"是指"马掌黄鳝"；"锅"是指"土锅鸡"；"头"是指"豆浆煮鱼头"。

等人是件磨时间的事，四处游荡之后，我给远在家乡的妻子打了电话，妻子说刚刚吃过快餐，正在去接儿子的路上。

我又来到腊梅坡的高地上，阵阵晚风吹拂着我的身体、发肤、衣裳、鬓角。用笔在本子上写下"腊梅坡"三个字，激情过后，思念仍然是我不变的主题。

我调到茶城工作已有四个年头，在这四年里，我没能把远在家乡的妻子和儿子接到身边，还把可以给我帮助的领导们也得罪了。虽然我是以一个文人固执的内心来与世界相处，但在这种相处中还是让自己和家人饱受了离别与孤立之苦，于是我开始怀疑自己一直以来深爱的文学艺术，因为它们给我带来的并不是我所想象的，至少没有给我带来解决一个家庭团聚的玩世手段。因无力解决一个家庭的团聚，我成为一个可怜的弱者。也大概出于这样的缘由，所以我躲避欢乐，躲避热闹的人群，喜欢的都是赶马锅头这样相对清静的地方。

腊梅坡，一个令人遐想的地方，用笔在本子上写下这三个字，似乎古往今来多少关于梅花的风流韵事，以及那些梅花开满枝头的烂漫，或是洒家诗兴横来的豪迈，通通显现眼前。当然，这其中，我最喜欢的还是"零落成泥碾作尘"的梅花，只是我不知道它们于

185 .

今都开到哪里去了？

——飞燕用鸣叫享受夕阳，夕阳用颜色享受傍晚，傍晚用雾霭享受炊烟，炊烟用舞蹈享受腊梅坡，腊梅坡用文字享受诗歌，诗歌用意境享受我的无奈。

候车室笔记

不记得什么时候在普洱车站的候车室里写过文章，只记得那时候旅客们拖着行李排队进入的样子。

今天，我又坐在普洱车站的候车室里写文章，不过，今天我不写这些春运回家的大批量旅客们，我写上午在茶城大道拍虞美人的感受。

一簇一簇的虞美人开在茶城大道中心的隔离带花台上，是茶城的一道亮丽风景线。好几次坐车经过时，朋友都要我尽快去拍照，今天难得上车前有两个多小时的空闲，于是打车前往。

茶城大道依然车如水流，我便于水流中的砥石（隔离带花台）上拍照。

虞美人一如往常的漂亮，在红色、白色、黄色为主的花朵中，以红色的最多、最为引人注目。它火一般通红通红地开在阳光下，那强烈而不激进的色彩，正如美人口中的温润，让人舒坦而无法抗拒。

以阳光下隔离带花台的绿树，或者疾驰而过的车流为背景，我或蹲、或坐、或站、或跪、或趴下身子，尽情定位那光影中无以名状的绚烂；镜头里，花朵们或拥立、或独枝、或两两相依、或扶老携幼、或群雄并起，直是千姿百态地娇媚着。于忙碌而愉快的行动中，我不知道是自己在花的绚烂中拍照，还是花在我的激情里美丽而绚烂。

嗨……！

自然，人终有一死，我想，人的生命若能死在对生的陶醉里，那是幸福的。

太氏富

候车笔记

坐在这里，我是等车的。

不愿坐公费包车，我自己花 46 元买了车票。如同不愿凑热闹，昨晚把韩红演唱会的门票随手送给一个陌生的女孩。

有时候，我性格古怪。就像在这几百人的候车大厅，我依然选择了一处人少的椅子，掏出笔记本开始写作。

候车大厅的人真多，这让我想起单位司机华说的一句话："要看美女就去候机厅！"这里虽然不是候机厅，但是人多的气氛应该是一样的。看那些匆匆忙忙的旅客们，有的提着箱子，有的抱着电饭煲和纸箱，有的背着小孩，有的扛着编织袋，有的拖着变形的旅行包，男男女女，老老少少，各式各样，呈现人间百态。

写到这里，车站清洁人员的扫把扫了过来，我抬起脚让了让。

坐正了身子，我抬头向人群望去，不想这一望，竟发现一个气质很好的女子与我面对面坐在人群中。她身材娇小，黑黑的长发在脑后束着漂亮的马尾。在她朝向地面的脸庞上依然可以看到黑黑的眉毛、纤细的凤眼以及性感的鼻子。她穿的是一件紫色外衣，领子上有长长的绒毛。把她标准的瓜子脸放在紫色绒毛的衣领上，就如同把一个美丽的少女放在 18 岁的年龄上。

就在我潜心观察的视线之间，突然出现了两个男子的身影，接着那个女孩身边的男孩用手推了推她，女孩于是和男孩一起站立起来，他们一行 6 个人推着行李朝进站口方向而去。广播里正在响着："前往江城的旅客……"

整个候车大厅的人群似乎就这么少了很多，我看看售票窗口上方的大钟，时间是 1 点 56 分，离 2 点 30 分的发车时间还有 34 分钟。

窗外，天气并不见好。我想，也许到了景迈就会好的，那样就不会影响拍照了；也许，等明天在那里遇上了前去参加茶叶节的同事，他们会惊讶地问我："呀！领导不是安排你守家吗?"

太氏富

常委会议

今天的常委会议，按通知有 5 个人参加，时间是下午 6 点，地点在龚嫂家。

还没下班我就把门关了，迫不及待联系了刚从澜沧上来的查理前往赴会。

常委会议在半年的时间里召开了很多次，大家商讨的议题很多、很广。如：哪几位常委的家属还在老家没有调上来，解决调动问题的关键是什么；云南的兰花市场以及普洱的兰花动态是怎样的，大家要培养兰花知识，以免与发财的机遇擦肩而过；普洱茶的生饼与熟饼问题；下次的常委会议在哪位常委家召开；这个周末是不是结伴回澜沧探亲；等等。

来到龚嫂家，开门迎接我们的是腰系围裙的龚嫂，进门看到的是龚嫂刚刚考上大学的女儿，从里屋出来和我们打招呼的是开朗的龚嫂妈妈。

龚嫂客气地招呼我们："坐坐坐，你们是最先来到的了。"

龚嫂女儿端出各类糖果、食品，端过已经泡好茶的飘逸杯，为我们倒茶。查理把从家乡带来的特产奉上，要进厨房帮忙，却被龚嫂妈妈拦了出来。龚嫂妈妈说："哪里有让你们来做饭的话。"龚嫂也说了一番客气话。于是我和查理坐在客厅看电视，龚嫂、龚嫂妈妈和龚嫂女儿在厨房忙碌着。

不大一会儿，房门被钥匙打开，进来的是龚嫂丈夫，他是常委之一。他笑吟吟地进了门，和我们说话。说下班时因为领导要找材料，所以回家晚了。正说话间，另外两位常委推门进来，大家快乐地坐在一起吃东西。整个房间洋溢着家的温馨与快乐。

吃饭是每一次常委会议的中心工作。大家围坐一桌，你夹这个菜给他，他端起那个盘子递过来；这个常委喜欢吹牛，那个常委喜欢亚菜。和和美美，热热闹闹。

龚嫂丈夫拿出平时舍不得喝的好酒为大家满上，一个常委迫不及待地端起酒杯抢先发话："来，明天是我们大姑娘要去上大学的好日子，让我们举杯，共同祝愿她一路顺风！到了学校好好学习、天天向上！"常委话音未落，大家就被他"好好学习、天天向上"的祝福语逗乐了，于是，这杯祝福的美酒就在大家的笑声中喝下。

席间，大家畅所欲言，龚嫂妈妈说到了她年轻时的艰辛与磨难，说到死去的丈夫，说到了今天的美好生活，说到了明天就要上大学去的孙女；A常委和B常委争论起小时候一起在某条河捉鱼的事情，以及他们中专时代如何治理克扣学生肉食的伙食堂职工；C常委回忆饥荒年代自己是怎么用山上的黄檗去换米饭。大家说到在红旗广场开展的民族文化节，说到了佤族为什么住在山上，如此等等。

和以往的常委会议一样，大家度过了开心的一天。

——这就是我们的常委会议。

我想，对于我们这些在茶城工作的准单身男人来说，有这样一个和谐的老乡聚会真是很好的福气！

太氏富

秋水台

秋水台，一家饭店的名字。

步入秋水台，四围瓦房，中心绿化带，间隔环形水池的格局尽在眼底。

四围瓦房，红色的雕窗，加上古色的房顶，体现的是典型的中国元素；中心绿化，包含了芦苇、草地、树木以及各种花卉，石道穿行期间，也算是普洱物种繁多、植被丰富的证明；至于环形水池，它在四个方向以小桥联通花园与客人吃饭的包房，倒是设计得雅致。

就在这瓦房、花草树木与小桥之间，奔走着身着民族服装的服务生，女的红艳醒目，男的黑白分明。这景观在远道而来的客人眼中，应当是极有民族特色和意义的。

秋水台，我初次去的时候，是一个人坐在它的一棵棕榈树下写诗的时候。那时，我写的诗句是这样的：秋水台中秋水园，秋水静静愁连天；不是秋水无嘉意，切断本源在人间。那时，我以为秋水园中的水是一潭死水，再加上自己的心情本来就不好，又哪里会懂得园中景致的美好呢。

第二次去秋水台，是从一个朋友的口中去的。据朋友讲述：秋水台曾经有一个美丽的女子，她深深爱着自己的丈夫，但是丈夫对她的爱并不在意，于是女子就让自己时时出现在丈夫的身边，哪怕不能和丈夫待在一起，她也会随时拨通他的电话，让他感觉到自己的存在。

听了朋友口中的秋水台，我又感觉到了秋水台别样的韵致。似乎秋水台一环包围一环的设计，一如那位美丽女子的眼瞳，而其中环形的水便是女子深深的眼眸，满含秋意，注视着自己心爱的男子。

之后再去秋水台，我特意查看了环形水池的源头。在那园中的东北角落，主人家特意设计了一个水源开关，被我称为秋水园的园中之水就是从那水管里流出来并被时时更新的。这个发现虽然不像科学家的发现那样对社会产生影响，但是，它解了我心头的疑惑，让我更加明白秋水台，明白秋水台那位女子苦心经营的爱。

太氏富

锦福农家乐小记

坐在锦福农家乐的小院中，越过茶城大道就是思茅一中的塑胶足球场。越过足球场，左侧方的小团山上站立着成群的老松。它们苍然并立，在远山青翠的背景下显得愈发的刚劲、雄浑，和四围青山一起将雨后绿色鲜明的思茅映衬得更加美丽。

今年的雨季来得晚，云南、贵州等地出现了百年不遇的旱灾。我查看了媒体的报道，一次事件给我的印象很深。

事件大致是这样的：

贵州省关岭自治县花江镇半坡村，因地处半坡而得名。

该村有一口冒沙井，因井中泥沙随着井水从地层涌上来，取出来的水必须搁置一段时间，待泥沙沉淀后才能饮用，故名冒沙井。长期以来，村民们就依靠冒沙井取水生活。

2009年8月开始的三季连旱，使冒沙井干涸了，全村1350人面临严重缺水的问题。田打不了，粮食种不下去，连牲口都没有水喝。

村民们不等不靠，开始寻找新的水源。最后，大家将目光聚集在一个叫作田明子的溶洞。

田明子溶洞位于距村口约一公里的半山腰上，洞口极为狭窄。在离洞口15米左右的地方，储水丰富。

3月10日，半坡村村委会主任陈纪德、副主任陈立猛带领村民将抽水机吊入洞中，安装了1500米胶水管准备引水。为修建通组公路忙碌了一整天的申玉光也加入了引水队伍中。当晚9时许，正当50多名参与引水的村民看到白花花的水向村子方向流淌而高兴时，管子里的水突然没了，吊入溶洞里的抽水机也不叫了。

"我懂机子，我去看看。"申玉光绑着安全绳下到洞底不到5分钟，人们就听到了"突突突"的柴油机声音从洞底传出。但柴油机的响声比先前大，还有一股股浓烟从洞底冲上来。副主任陈立猛感觉不对劲，趴在洞口喊"申玉光，申玉光……"，却无人应答。人们拉出系在洞口的安全绳，却是空的。

几分钟后，村民们将洞底仍在运转的柴油机用绳索吊起来砸向洞壁，才使它熄了火。人们想进去查看，但洞里的油烟使人无法进入。等到浓烟稍散，村民们进入洞中，除了一只解放鞋外，却没有找到人。

3月14日晨8点10分，经过长达11个小时的抽水后，人们终于看到了申玉光的遗体。

上千村民连续几天自发守候在搜救现场，不肯离去。

可是，旱灾的危害远远不止于这一方面，据媒体的报道标题：《西南200万人因旱灾返贫　经济损失超350亿元》《云南农产品价格飙升　干旱一周致20亿损失》《西南干旱致生态失衡　有害物种增加》《贵州盘县十万民工返乡抗旱》《大旱或诱发地质灾害加剧　云南提前一个月启动防汛》《干旱造成七千八百多万亩林地受灾损失逾百亿元》《云南6万平方米湖泊完全干涸》，这样看来，真是触目惊心。

自然，面对旱灾，也就有了令人感动的抗旱。如《云贵干旱略有缓和　已发射增雨炮弹上万发》《云南动用地方储备粮救灾确保群众有饭吃》《遭遇十年不遇旱情　青海省紧急调拨1500万元抗旱》《百位明星赈灾晚会募得2.7亿余元》《网易再向旱区捐资29.5万元累计捐资达100万元》等。

然而，灾难本身也好，波及影响也好，救灾援助也好，这些又何尝不是令人痛心的损失，又何尝不是人类破坏生态的代价！

我正想到这里，饭店服务小姐前来上菜，她问我："哎，你们是几个人？"

我说："五个。"

太氏富

她说："哦，那这不是你们的。"

我笑了笑，没想到服务小姐却已经笑出声来。

想到这里，我看看四周，雨天的阴沉压在整个茶城的上空，压在锦福农家乐小院的上空。在这阴沉的小院里，烤牛排的小伙子在一棵芒果树下摆弄出股股青烟，停在蜜多罗树上的鸟儿仍在清脆地鸣叫，厨房里飘散出阵阵干巴炒酸笋的酽香。

我起身来到院子里，面对远山和青松做了个深呼吸。

此时此景，用心遥想远山与苍松、树木与青烟、鸟鸣与酽香，感受茶城的朴实与干烈、直接与单纯。这种感受，似乎穿透了锦福农家乐小院，穿透了茶城雨季的阴沉，既有天与地的和谐，更有人与自然的统一。或许，这就是绿海明珠、中国茶城普洱的味道吧。